Otto Bürger

Die Nemertinen des Golfes von Neapel und der angrenzenden Meeres-Abschnitte

Otto Bürger

Die Nemertinen des Golfes von Neapel und der angrenzenden Meeres-Abschnitte

ISBN/EAN: 9783744632782

Hergestellt in Europa, USA, Kanada, Australien, Japan

Cover: Foto ©Raphael Reischuk / pixelio.de

Weitere Bücher finden Sie auf **www.hansebooks.com**

FAUNA UND FLORA

DES GOLFES VON NEAPEL

UND DER

ANGRENZENDEN MEERES-ABSCHNITTE.

HERAUSGEGEBEN

VON DER

ZOOLOGISCHEN STATION ZU NEAPEL.

22. MONOGRAPHIE:

NEMERTINEN

VON

DR. OTTO BÜRGER.

MIT 31 TAFELN.

BERLIN.

VERLAG VON R. FRIEDLÄNDER & SOHN.

1895.

Subscriptionspreis jährlich 50 Mark.

Diese Monographie (Nr. 22) bildet mit Nr. 23 (Jatta, Cefalopodi) die Jahrgänge 14–16. Nr. 23 erscheint im Frühjahr 1896.

Cette monographie (No. 22) formera avec No. 23 (Céphalopodes par G. Jatta) les années 14—16. Le No. 23 paraîtra au printemps 1896.

ERKLÄRUNG

der einunddreissig Tafeln.

Tafel 1.

Alle Figuren, mit Ausnahme von Fig. 1a und 11, sind nach dem Leben gemalt

m Mund, *sorg* Seitenorgan.

Fig. 1. *Carinella annulata* (Montagu). 1 rothbraune, 1a orangefarbige Varietät. $^{2-4}/_1$.
- 2. *Carinella linearis* Mc Intosh. $^3/_1$.
- 3. *Carinella banyulensis* Joubin. 3 rothe, 3a grüne Varietät. $^{4-5}/_1$.
- 4. *Carinella polymorpha* (Renier) $^1/_1$. s. Fig. 10.
- 5. *Carinella superba* (Kölliker). Vorderende; man sieht vorne die Rücken-, hinten die Bauchfläche. $^1/_1$. s. Fig. 7, 9, 11.
- 6. *Carinella tubicola* v. Kennel. $^3/_1$.
- 7. *Carinella superba* (Kölliker). $^1/_1$. s. Fig. 5, 9, 11.
- 8. *Carinella minuta* Bürger. $^2/_1$.
- 9. *Carinella superba* (Kölliker). Vorderende; hauptsächlich sieht man die Bauchfläche. $^2/_1$. s. Fig. 5, 7, 11.
- 10. *Carinella polymorpha* (Renier). Vorderende eines Spiritusexemplares. $^1/_1$. s. Fig. 4.
- 11. *Carinella superba* (Kölliker). Vorderende eines Spiritusexemplares. $^2/_1$. s. Fig. 5, 7, 9.
- 12. *Carinella nothus* Bürger. $^{2½}/_1$.
- 13. *Carinella rubicunda* (Bürger). $^1/_1$. 13 ausgestreckt, 13a zusammengeknäult an ihrer Wohnröhre.
- 14, 15. *Langia formosa* Hubrecht. 14 ganzes Thier, $^1/_1$; 15 Vorderende, man sieht auf den Rücken, $^{2-4}/_1$.

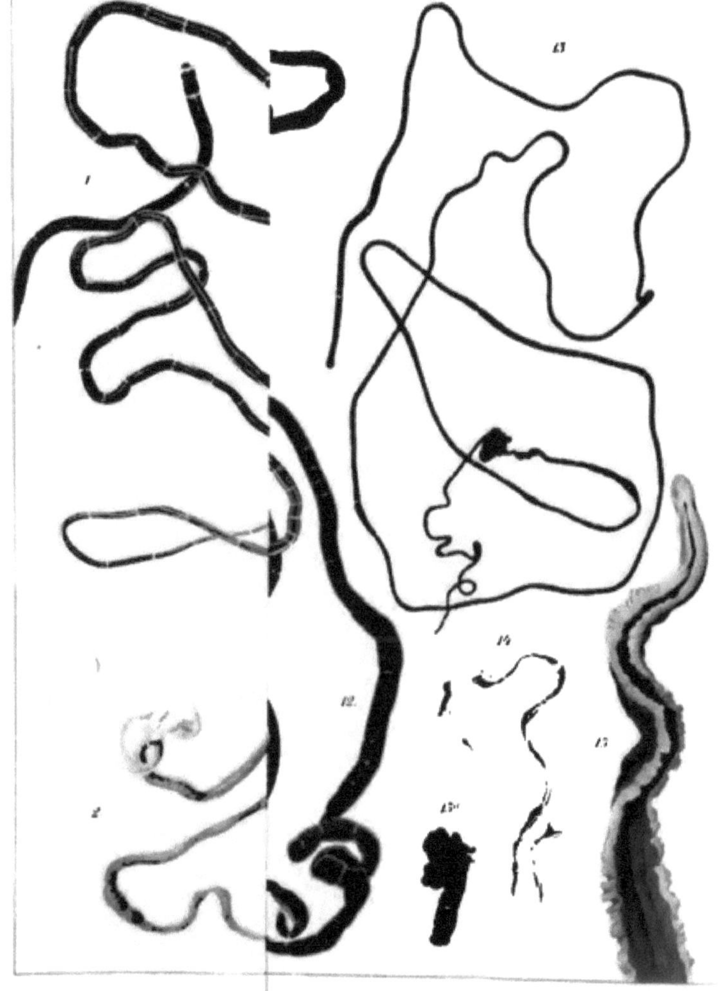

Tafel 2.

Sammtliche Figuren sind nach dem Leben gemalt.

Fig. 1. *Eunemertes gracilis* Johnston. 1/1.
- 2. *Prosorhochmus claparedi* Keferstein. 2/1. s. Fig. 7.
- 3. *Eunemertes echinoderma* (Marion). 1/1.
- 4. - *marioni* Hubrecht. 2/1.
- 5. - *antonina* Quatrefages. 1/1.
- 6. *Oototyphlonemertes duplex* nov. sp. 7/1.
- 7. *Prosorhochmus claparedi* Keferstein (Hinterende fehlt). 2/1. s. Fig. 2.
- 8. - *korotneffi* nov. sp. 2/1.
- 9. *Oototyphlonemertes brunnea* nov. sp. 3/1.
- 10. *Nemertopsis peronea* (Quatrefages). 1/1. s. Fig. 13.
- 11. *Eunemertes echinoderma* (Marion) sehr junges Exemplar 1/1.
- 12. *Oototyphlonemertes macintoshi* nov. sp. 6-7/1.
- 13. *Nemertopsis peronea* (Quatrefages). 7-8/1. s. Fig. 10.
- 14. *Hubrechtia desiderata* (v. Kennel). 1/1.
- 15. *Nemertopsis tenuis* nov. sp. 4/1.
- 16. *Amphiporus langiaegeminus* nov. sp. 1/1.
- 17. - *marmoratus* Hubrecht, Kopfende. 1/1. s. Fig. 18, 30.
- 18. - - ganzes Thier, stark zusammengezogen 1/1. s. Fig. 17, 30.
- 19. - *reticulatus* nov. sp. 2-3/1.
- 20. - *hastatus* Mc Intosh. 2/1.
- 21. - *oligommatus* nov. sp. 2/1.
- 22. - *lactifloreus* (Johnston). 2-3/1.
- 23. - *carinelloides* nov. sp. 1/1.
- 24. *Cephalothrix bioculata* Oersted. 2/1.
- 25. *Amphiporus dubius* Hubrecht. 1/1.
- 26. *Cephalothrix signata* Hubrecht. 1/1.
- 27. *Euborlasia immaculata* nov. sp. 1/1.
- 28, 28a. - *elisabethae* Mc Intosh (28 hinteres Ende ausgestreckt, 28a hinteres Ende contrahirt). 1/1.
- 29. *Cephalothrix bipunctata* nov. sp. 4/1.
- 30. *Amphiporus marmoratus* Hubrecht. 1/1. s. Fig. 17, 18.

Tafel 3.

Alle Figuren sind nach dem Leben gemalt.

Fig. 1. *Tetrastemma diadema* Hubrecht. $^{10}/_{1}$.
- 2. - *coronatum* ♀ (Quatrefages). $^{10}/_{1}$. s. Fig. 8.
- 3. - *flavidum* Ehrenberg aus *Ascidia mentula*. $^{5}/_{1}$. s. Fig. 20.
- 4. - *melanocephalum* (Johnston) Vorderende. $^{5}/_{1}$. s. Fig. 10.
- 5. - *longissimum* nov. sp. $^{3}/_{1}$.
- 6. - *peltatum* nov. sp. $^{4}/_{1}$.
- 7. - *nimbatum* nov. sp. $^{4}/_{1}$.
- 8. - *coronatum* ♂ (Quatrefages). $^{10}/_{1}$. s. Fig. 2.
- 9. - *buxeum* nov. sp. $^{5}/_{1}$.
- 10. - *melanocephalum* (Johnston). $^{5}/_{1}$. s. Fig. 4.
- 11. - *vastum* nov. sp. $^{4}/_{1}$.
- 12. - *cruciatum* nov. sp. $^{5}/_{1}$.
- 13. - *candidum* (O. F. Müller). $^{12}/_{1}$. s. Fig. 19.
- 14. - *falsum* nov. sp. $^{3}/_{1}$.
- 15. - *portus* nov. sp. $^{7}/_{1}$.
- 16. - *helvolum* nov. sp. $^{5}/_{1}$.
- 17. - *vermiculus* (Quatrefages). $^{12}/_{1}$.
- 18. - *vermiculus* (Quatrefages) var. *solum*. $^{12}/_{1}$.
- 19. - *candidum* (O. F. Müller). $^{12}/_{1}$. s. Fig. 13.
- 20. - *flavidum* Ehrenberg, freilebendes Exemplar. $^{7}/_{1}$. s. Fig. 3.
- 21. - *interruptum* nov. sp. $^{4}/_{1}$.
- 22. - *cephalophorum* nov. sp. $^{1}/_{1}$.
- 23. - *cerasinum* nov. sp. $^{8}/_{1}$.
- 24. - *vittatum* (Hubrecht). $^{8}/_{1}$.
- 25. *Drepanophorus crassus* (Quatrefages). $^{1}/_{1}$. s. Fig. 32.
- 26. - *igneus* nov. sp. $^{2}/_{1}$.
- 27. *Oerstedia dorsalis* (Zool. Dan.) var. *viarta*. $^{4}/_{1}$. s. Fig. 29, 30, 34—36.
- 28, 28a. *Drepanophorus spectabilis* (Quatrefages). 28 ganzes Thier, $^{1}/_{1}$; 28a Vorderende, $^{2}/_{1}$, beides vom Rücken gesehen.
- 29. *Oerstedia dorsalis* (Zool. Dan.) var. *albolineata*. $^{15}/_{1}$. s. Fig. 27, 30, 34—36.
- 30. - - - - var. *marmorata*. $^{10}/_{1}$. s. Fig. 27, 29, 34—36.
- 31. *Drepanophorus albolineatus* nov. sp. $^{1}/_{1}$.
- 32. - *crassus* (Quatrefages) var. *nisidensis*. $^{1}/_{1}$. s. Fig. 25.
- 33. *Tetrastemma scutelliferum* nov. sp. $^{5}/_{1}$.
- 34, 34a. *Oerstedia dorsalis* (Zool. Dan.) var. *viridis*. $^{5}/_{1}$. s. Fig. 27, 29, 30.
- 35. - - - - var. *albolineata*. $^{10}/_{1}$. s. Fig. 27, 29, 30.
- 36. - - - - var. *marmorata*. $^{15}/_{1}$. s. Fig. 27, 29, 30.
- 37. *Lineus molochinus* Bürger. $^{1}/_{1}$.

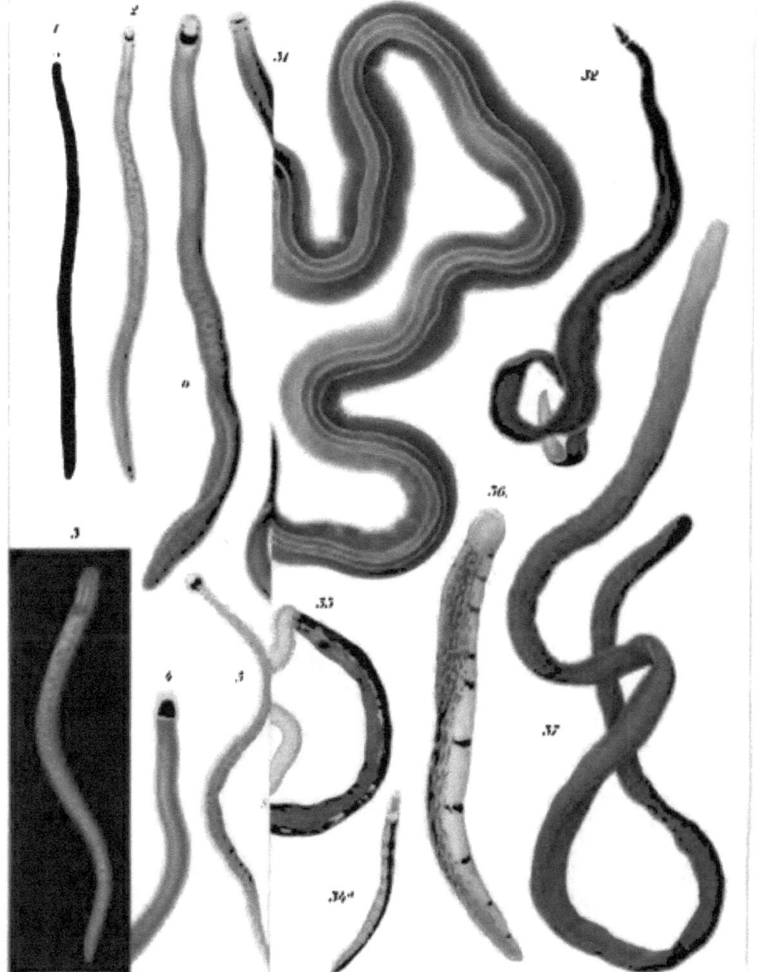
1
2
31
32
3
4
5
33
36
37

Tafel 4.

Alle Figuren sind nach dem Leben gemalt.

Fig. 1. *Eupolia pellucida* (v. Kennel). 4/1.
- 2. - *minor* Hubrecht. 8/1. s. Fig. 13.
- 3. - *curta* Hubrecht. 4/1. junges Exemplar, s. Fig. 4, 5, 7, 9, 17.
- 4, 5, 5a. - *curta* Hubrecht. 4/1. 5a Kopfende (Unterseite). s. Fig. 3, 7, 9, 17.
- 6. - *delineata* Delle Chiaje. 1/1. s. Fig. 8, 14.
- 7. - *curta* Hubrecht. 4/1. Vorderende.
- 8. - *delineata* Delle Chiaje. 3/1. Vorderende. s. Fig. 6, 14.
- 9. - *curta* Hubrecht. 4/1. Kopfende (Oberseite).
- 10. *Micrura purpurea* (Dalyell). 3-4/1. Kopfende (Oberseite). s. Fig. 28.
- 11. *Lineus grubei* (Hubrecht), wie vorher. s. Taf. 5 Fig. 17.
- 12. *Micrura tristis* (Hubrecht) wie vorher. s. Fig. 22.
- 13. *Eupolia minor* Hubrecht. 4/1. s. Fig. 2.
- 14. - *delineata* Delle Chiaje. 4/1. junges Exemplar (Vorderende wahrscheinlich kürzlich regenerirt). s. Fig. 6, 8.
- 15. *Valencinia longirostris* Quatrefages. 1/1. s. Fig. 38.
- 16, 16a. *Micrura aurantiaca* (Grube). 4/1. 16a Kopfende (Unterseite). s. Fig. 19, 20, 25.
- 17. *Eupolia curta* Hubrecht. 2 1/2/1.
- 18. *Micrura dellechiajei* (Hubrecht). 4/1. junges Exemplar. s. Fig. 23, 24, 26, 27, 33.
- 19, 20. - *aurantiaca* Grube 4/1. 19 Kopfende, Oberseite; 20 Unterseite. s. Fig. 16, 25.
- 21. *Micrura lactea* (Hubrecht). 2/1. s. Fig. 31.
- 22. - *tristis* (Hubrecht). 2/1. s. Fig. 12.
- 23, 24. - *dellechiajei* (Hubrecht). 1/1. s. Fig. 18, 26, 27, 33.
- 25. - *aurantiaca* (Grube). 4/1. s. Fig. 16, 16a, 19, 20.
- 26, 27. - *dellechiajei* (Hubrecht). 26 1/1. 27 4/1. s. Fig. 18, 23, 24, 33.
- 28. *Micrura purpurea* (Dalyell). 4/1. s. Fig. 10.
- 29. - *fasciolata* Ehrenberg. 4/1.
- 30. *Amphiporus validissimus* nov. sp. 3/1.
- 31. *Micrura lactea* (Hubrecht). 3/1. s. Fig. 21.
- 32, 32a, 32b. *Amphiporus virgatus* nov. sp. 32 ausgestreckt, 1/1; 32a stark zusammengezogen. 1/1; 32b mit drei Rückenstreifen, stark zusammengezogen. 3/1
- 33. *Micrura dellechiajei* (Hubrecht). 2/1. Vorderende. s. Fig. 18, 23, 24, 26, 27.
- 34. *Amphiporus glandulosus* nov. sp. 4/1.
- 35. - *allucens* nov. sp. 2/1.
- 36. - *polyommatus* nov. sp. 2/1.
- 37. *Valencinia blanca* Bürger. 2/1.
- 38. - *longirostris* Quatrefages var. rosea. 1/1. s. Fig. 15.
- 39. *Amphiporus algensis* nov. sp. 3/1.
- 40. - *pulcher* (Johnston). 2/1.

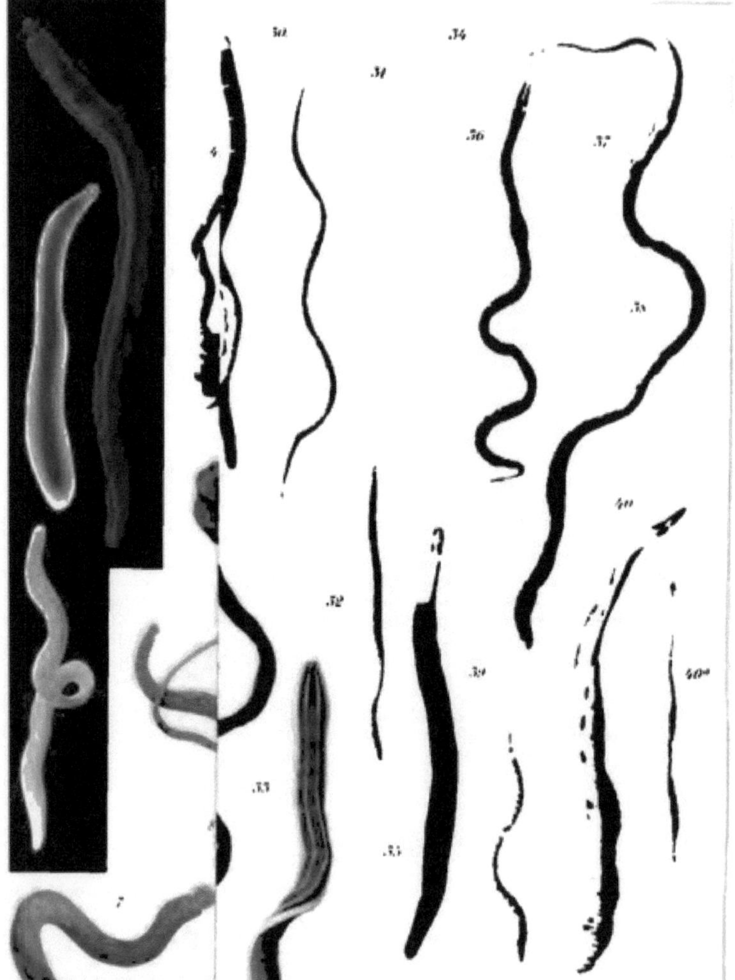

Tafel 5.

Alle Figuren sind nach dem Leben gemalt.

Fig. 1. *Lineus kennelii* Bürger. $^{1}/_{1}$.
- 2. - *parvulus* Bürger. $^{3}/_{1}$.
- 3. - *alienus* Bürger. $^{2}/_{1}$.
- 4. - *geniculatus* (Delle Chiaje). $^{1}/_{1}$. s. Fig. 11 u. 16.
- 5. - *gilvus* Bürger. $^{3}/_{1}$.
- 6. - *coccineus* Bürger. $^{1}/_{1}$.
- 7, 7a. - *lactens* (Grube). $^{3}/_{1}$.
- 8. - *rufocaudatus* Bürger. $^{1}/_{1}$.
- 9. - *versicolor* Bürger. $^{1}/_{1}$. s. Fig. 13.
- 10. - *nigricans* Bürger. $^{2}/_{1}$.
- 11. - *geniculatus* Delle Chiaje. $^{1}/_{1}$. s. Fig. 4 u. 16.
- 12. - *dohrni* (Hubrecht). $^{1}/_{1}$.
- 13. - *versicolor* Bürger. $^{1}/_{1}$.
- 14. - *lobianchi* Bürger. $^{1}/_{1}$.
- 15. - *bilineatus* Mc Intosh. $^{3}/_{1}$.
- 16. - *geniculatus* (Delle Chiaje). $^{1}/_{1}$. s. Fig. 4 u. 11.
- 17. - *grubei* (Hubrecht. $^{3}/_{1}$. s. Taf. 4 Fig. 11.

Tafel 6.

Alle Figuren sind nach dem Leben gemalt.

Fig. 1. *Cerebratulus marginatus* (Renier). 1/1.
- 2. „ *centrostriatus* Bürger. 1/1.
- 3. „ *liguricus* (Blanchard). 1/1.
- 4. „ *lividus* Bürger. 1/1.
- 5, 5a. „ *cestoides* Bürger. 2/1.
- 6. „ *aerugatus* Bürger. 1/1. s. Fig. 8, 14, 15.
- 7. „ *hepaticus* Hubrecht. 1/1.
- 8. „ *aerugatus* Bürger. 1/1. s. Fig. 6, 14, 15.
- 9. „ *fuscus* (Mc Intosh). 1/1. Vorderende. s. Fig. 19.
- 10. „ *urticans* (Müller). 1/1.
- 11, 11a, 11b. *Cerebratulus joubini* Bürger. 1/1. 11 ganzes erwachsenes Thier, 11b junges Thier, 11a Kopfende.
- 12. *Cerebratulus roseus* (Delle Chiaje). 1/1.
- 13. „ *notabilis* Bürger. 1/1.
- 14. „ *aerugatus* Bürger. 2/1. s. Fig. 6, 8, 15.
- 15. „ *aerugatus* Bürger. 4/1. s. Fig. 6, 8, 14.
- 16. „ *ferrugineus* Bürger. 3/1.
- 17. „ *aureolus* Bürger. 3/1.
- 18. „ *anguillula* Bürger. 1/1.
- 19. „ *fuscus* (Mc Intosh). 1/1. s. Fig. 9.
- 20. „ *simulans* Bürger. 1/1.
- 21. „ *melanorhynchus* nov. sp. 1/1.
- 21a. Rüssel desselben. 1/1.
- 22. *Cerebratulus fuscoides* Bürger. 1/1.
- 23. „ *pantherinus* Hubrecht. 1/1. Vorderende.

Tafel 7.

Alle Figuren, mit Ausnahme von Fig. 10b, sind nach dem Leben gezeichnet.

a	After.	*ed*	Enddarm.	*rd*	Rhynchodäum.
au	Auge.	*exgf*	Excretionsgefässsystem.	*rgf*	Rückengefäss.
bld	Blinddarm.	*k*	Kern.	*sgf*	Seitengefässe.
bldt	Tasche des Blinddarmes.	*md*	Magendarm.	*sst*	Seitenstamm.
cerg	Cerebralorgane.	*mrof*	vereinigte Rüssel- und Mundöffnung.	*vg*	ventrales Ganglion.
dg	dorsales Ganglion.			*vgfc*	ventrale Gefässcommissur = Knoten der Gefässschlinge.
drz	Drüsenzelle.	*rc*	Rhynchocölom.		

Fig. 1, 1a, 1b. *Tetrastemma scutelliferum*; 1 vorderes Ende, 1a Angriffsstilet, 1b hinteres Körperende. V. 40.

- 2. *Cephalothrix bioculata*; vorderes Körperende. V. 40.
- 3. *Tetrastemma cerasinum*; Kopfende. V. 40.
- 4. Hautepithel von *Lineus gilvus*. V. 240.
- 5, 5a. *Tetrastemma diadema*, Vorderende, 5a hinteres Körperende. V. 80.
- 6. Haut von *Cerebratulus fuscus*. V. 240.
- 7. Haut von *Lineus geniculatus*. V. 240.
- 8. Haut von *Micrura fasciolata*. V. 240.
- 9. Pigment der Haut von *Micrura aurantiaca*. V. 240.
- 10, 10a. Blutkörperchen von *Amphiporus pulcher*; lebend. V. 500.
- 10b. Blutkörperchen von *Drepanophorus crassus*; abgetödtet und gefärbt. V. 500.
- 11. Blutkörperchen von *Amphiporus lactifloreus*. V. 500.
- 12. Rhynchocölomkörper von *Amphiporus reticulatus*. V. 500
- 13. Rhynchocölomkörper von *Amphiporus pulcher* in der Kantenstellung; mit Essigsäure behandelt. V. 500.
- 14, 14a. Blutkörperchen eines *Amphiporus*, sp.? frisch. V. 500. 14a mit verdünnter Essigsäure behandelt. V. 500.
- 15, 15a. Blutkörperchen von *Euborlasia elisabethae*, 15 frisch, 15a nach Zusatz von verdünnter Essigsäure. V. 500.
- 16. Anatomie des vorderen Körperendes von *Amphiporus pulcher*. V. 40.
- 17. Haut von *Amphiporus reticulatus*. V. 240.
- 18, 18a. Rhynchocölomkörper von *Drepanophorus crassus*. V. 500.
- 19, 19a, 19b. Aus dem Mitteldarmepithel von *Drepanophorus crassus*. 19a Bläschen mit verschiedenartig gefärbtem Inhalt, 19b Körnerkolben. V. 500.
- 20. Epithel aus dem Mitteldarm von *Drepanophorus crassus*. Es sind 2 Darmtaschen gezeichnet. V. 240.

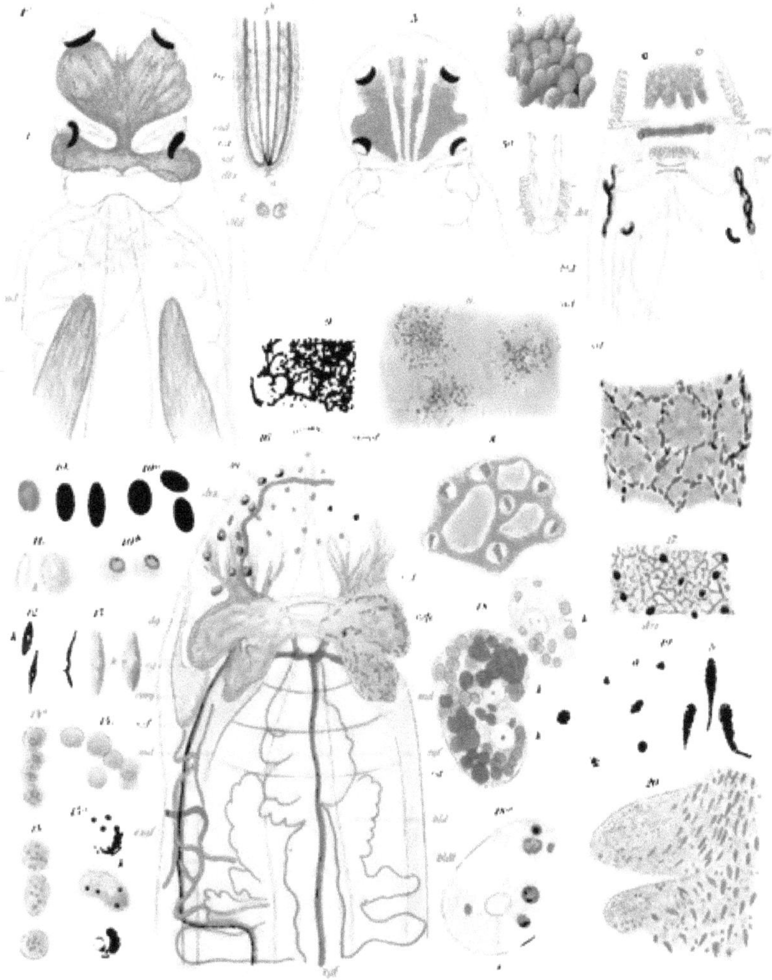

Tafel 8.

Alle Figuren sind nach dem Leben gezeichnet.

a	After.
agfc	Analcommissur der Blutgefässe.
ast	Angriffsstilet.
au	Auge.
aun	Augennerv.
bas	Basis des Angriffsstilets.
bl	Ballen des Rüssels (zwiebelförmige Base).
bld	Blinddarm.
corg	Cerebralorgan.
corgc	Cerebralcanal.
corgn	Nerven des Cerebralorganes.
corgs	Sack des Cerebralorganes.
dc	dorsale Gehirncommissur.
dej	Ductus ejaculatorius des Rüssels bei *Drepanophorus*
dg	dorsales Ganglion.
drh	hinteres Drüsenfeld des Cerebralorganes.
drv	vorderes Drüsenfeld des Cerebralorganes.
exgf	Excretionsgefäss.
forg	Frontalorgan.
gh	Gehirn.
h	Häkchen.
hrz	hinterer Rüsselcylinder.
hrzof	Oeffnung des hinteren Rüsselcylinders in den vorderen.
ks	Kopfschlinge der Blutgefässe.
knf	Knauf des Stilets.
md	Magendarm.
ms	Muskelmantel der Basis des Angriffsstiletes.
mtd	Mitteldarm.
mtdt	Taschen des Mitteldarmes.
ov	Ovarium.
r	Rüssel.
rc	Rhynchocölom.
rcd	Rhynchodäum.
rgf	Rückengefäss.
rn	Rüsselnerv.
rst	Reservestilet.
rstt	Reservestilettasche.
rsttof	Oeffnung der Reservestilettasche.
rstv	Bildungsvacuole eines Reservestiletes.
sgf	Seitengefäss.
sst	Seitenstamm.
stap	Stiletapparat.
stdr	Stiletdrüsen.
vc	ventrale Gehirncommissur.
vg	ventrales Gehirnganglion.
vgfc	ventrale Gefässcommissur = Knoten der Kopfschlinge.
vrz	vorderer Rüsselcylinder.
z[1]	in Fig. 16 = Drüsenzelle, in Fig. 20 = ruhende Papillenzelle.
z[2]	in Fig. 16 = räthselhafte Darmzelle, in Fig. 20 = ausgestreckte Papillenzelle.

Fig. 1. Anatomie von *Eunemertes antonina.* V. ca. 10.
- 2. Mittlerer Rüsselabschnitt von *Drepanophorus spectabilis.* V. 30.
- 3. Frontalorgan von *Amphiporus pulcher*, eingestülpt. V. 70.
- 4. Vorderer Rand der Kopfspitze von *Drepanophorus crassus.* V. 70.
- 5. Frontalorgan von *Amphiporus pulcher*, ausgestülpt. V. 70.
- 6. Augen mit strahlenförmigem Pigmentkranz von *Tetrastemma vermiculus var. solium.* V. 200.
- 7. Kopfspitze mit ausgestülptem Frontalorgan von *Amphiporus pulcher.* V. ca. 70.
- 8. Anatomie von *Ototyphlonemertes macintoshi.* V. ca. 15.
- 9. Anatomie von *Nemertopsis peronea.* V. ca. 5.
- 10. Rüssel mit vorgestülptem Angriffsstilet von *Amphiporus marmoratus.* V. 30.
- 11. Dasselbe von *Drepanophorus spectabilis.* V. 30.
- 12. Mittlerer Rüsselabschnitt von *Eunemertes antonina.* V. 30.
- 13. Dasselbe von *Eunemertes echinoderma.* V. 30.
- 14, 14a. 14 Augen von *Drepanophorus crassus*, 14a Augen von *D. spectabilis* nach Färbung mit Methylenblau, die Verbindung mit dem Augennerven zeigend. V. 200.
- 15. Hautepithel von *Eunemertes echinoderma.* Man sieht die Drüsenzellen und Häkchen. V. 500.
- 16. Darmepithel von *Tetrastemma cephalophorum.* V. 500.
- 17—19. Inneres Rüsselepithel von *Tetrastemma cephalophorum.* 17 Papillen aus der Stiletregion, 18 Papillen aus dem vorderen Rüsselcylinder, 19 einzelne Zellen aus dem hinteren Rüsselcylinder. V. 325.
- 20, 21. Papillen aus dem vorderen Rüsselcylinder von *Drepanophorus spectabilis.* V. 325.
- 22. Mittlerer Rüsselabschnitt von *Nemertopsis peronea.* V. 30.
- 22a. Reservestilettasche von dort. V. 60.
- 23. Gehirn nebst Cerebralorganen von *Drepanophorus spectabilis.* V. 50.
- 24. Otolithenblase von *Ototyphlonemertes macintoshi.* V. 240.
- 25. Gehirn und Cerebralorgane von *Eunemertes antonina.* V. 50.
- 26. Dasselbe von *Tetrastemma vermiculus.* V. 60.
- 27. Gehirn von *Ototyphlonemertes macintoshi.* V. 60.
- 28. Gehirn und Cerebralorgane von *Tetrastemma cephalophorum.* V. 175.

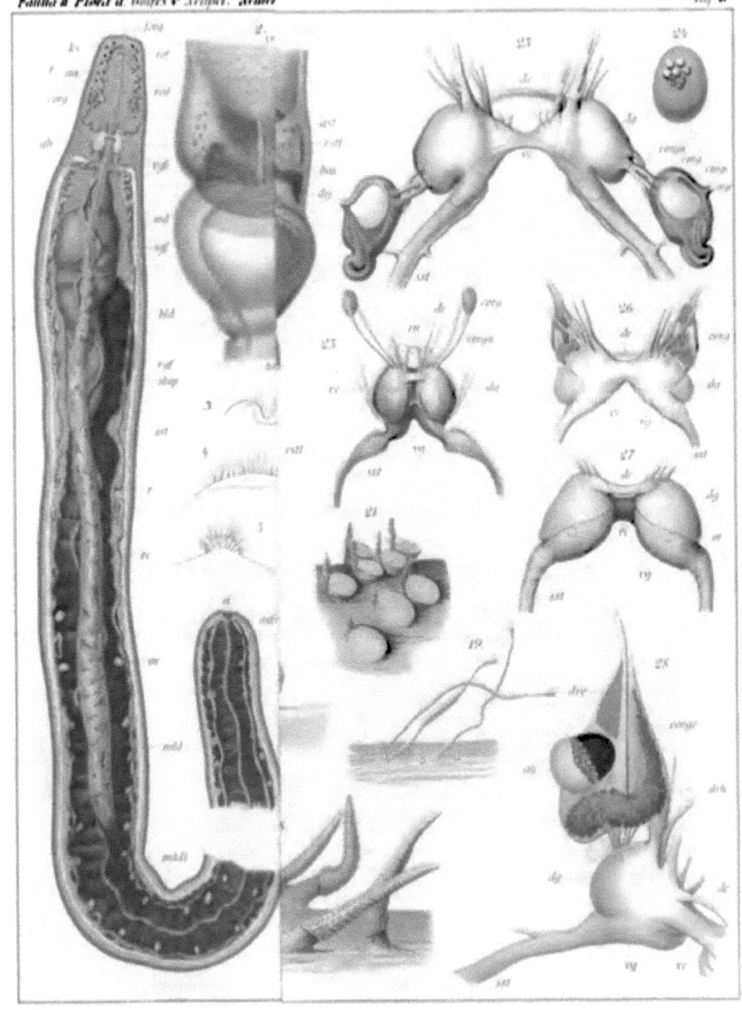

Tafel 9.

Alle Figuren mit Ausnahme von Fig. 6a, 10, 13a, 16, 17 sind nach dem Leben gezeichnet.

a After.
agf Analcommissur der Blutgefässe.
ast Angriffsstilet.
atrc Centrum der Attractionssphäre.
bas Basis des Angriffsstilets.
bl Bulbus (= zwiebelförmige Blase).
bld Blinddarm.
bldt Taschen des Blinddarms.
c Canal zwischen Bulbus und hinterem Rüsselcylinder.
corg Cerebralorgan.
dc dorsale Gehirncommissur.
dej Ductus ejaculatorius.
dg dorsales Ganglion.
dr Drüsenzellen.
exgf Excretionsgefäss.
forg Frontalorgan.
gfc Gefässcommissuren aus der Mitteldarmgegend.
gh Gehirn.
gs Geschlechtssack (in Fig. 7, 19, 20 = Hoden, in Fig. 8 = Ovarium).
hod Hoden.
hrz hinterer Rüsselcylinder.
k Kern.
kf Kopffurche.
ks Kopfschlinge der Blutgefässe.
md Magendarm.
mdt Tasche des Mitteldarms.
pig Pigmentfleck.
psd Pseudopodien.
r Rüssel.
rc Rhynchocölom.
rd Rhynchodäum.
rgf Rückengefäss.
rstt Reservestilettasche.
rsttd Ausführgang der Reservestilettasche.
rstv Bildungsvacuole eines Reservestilets.
sgf Seitengefäss.
sh Sinneshaar.
sst Seitenstamm.
stdr Stiletdrüsen.
vc ventrale Gehirncommissur.
vg ventrales Ganglion.
vgfc ventrale Gefässcommissur = Knoten der Gefässschlinge.
vrz vorderer Rüsselcylinder.
wf Wimperflamme.
wkölb Wimperkölbchen.
z Zelle.

Fig. 1a. 1b. Kopf von *Drepanophorus albolineatus*. 1a Oberseite, 1b Unterseite. V. ca. 5.
- 2. Anatomie von *Cephalothrix bipunctata* ♂. V. ca. 15.
- 3. Lebende Rhynchocölomkörper von *Amphiporus reticulatus*. V. 500, s. Fig. 6.
- 4. Kopf von *Amphiporus marmoratus* in der Seitenansicht. V. ca. 5.
- 5. Kopffurche von *Amphiporus marmoratus*. V. ca. 15.
- 6. Lebende Rhynchocölomkörper von *Amphiporus reticulatus*. V. 500, s. Fig. 3.
- 6a. Rhynchocölomkörper von *Drepanophorus crassus*. Conservirt und gefärbt wie sie sich auf Schnitten durch das Rhynchocölom vorfinden. V. 500.
- 7. Anatomie von *Tetrastemma coronatum* ♂. V. ca. 30.
- 8. Anatomie von *Amphiporus pulcher* ♀. V. ca. 15.
- 9. Mittlerer Rüsselabschnitt von *Prosorhochmus korotneffi*. V. 40.
- 10. Desgleichen von *Amphiporus spinosus*. V. 40.
- 11. Desgleichen von *Prosorhochmus claparedii*. V. 40.
- 11a. Reservestilettasche ebendaher. V. 80.
- 12. Anatomie des vorderen Körperendes von *Tetrastemma glanduliferum*. V. ca. 30.
- 13. Rhynchocölomkörper von *Amphiporus pulcher* (mit verdünnter Essigsäure behandelt). V. 500, s. Fig. 22.
- 13a. Rhynchocölomkörper von *Carinella polymorpha*, conservirt und gefärbt wie sie sich auf Schnitten durch das Rhynchocölom vorfinden. V. 500.
- 14. Rhynchocölomkörper von *Amphiporus pulcher* in der Seitenstellung. V. 500.
- 15. Ein Wimperkölbchen des Excretionsgefässsystems von *Drepanophorus crassus*. Nach dem frischen mit Methylenblau gefärbten Object. V. 790.
- 16. Abschnitt aus dem Excretionsgefässsystem von *Nemertopsis peronea* nach dem Leben. V. 585.
- 17. Abschnitt des vom Excretionsgefässsystem umgitterten Seitengefässes von *Drepanophorus spectabilis*. Nach dem frischen mit Osmiumessigsäure fixirten und mit Saffranin gefärbten Object. V. 585.
- 18. Stiletapparat (Basis und Angriffsstilete) von *Drepanophorus crassus*. V. 210, s. Fig. 21.
- 18a. Reservestilettasche von dort. V. 500.
- 19. Anatomie der mittleren Körpergegend von *Drepanophorus crassus*. V. 80.
- 20. Dasselbe von *Amphiporus pulcher* ♂. V. 80.
- 21. Stiletapparat von *Drepanophorus crassus*. V. 80, s. Fig. 18.
- 22. Rhynchocölomkörper von *Amphiporus pulcher* (lebend). V. 500, s. Fig. 13.
- 23a. b. Zweige des Excretionsgefässsystems von *Drepanophorus crassus* nach dem lebenden mit Methylenblau injicirten Thier gezeichnet. V. 585.
- 23c. Wimperkölbchen von ebendort, nach Fixirung mit Osmiumessigsäure und Färbung mit Saffranin gezeichnet. V. 585.
- 24. Mittlerer Rüsselabschnitt von *Eunemertes gracilis*. V. 40.

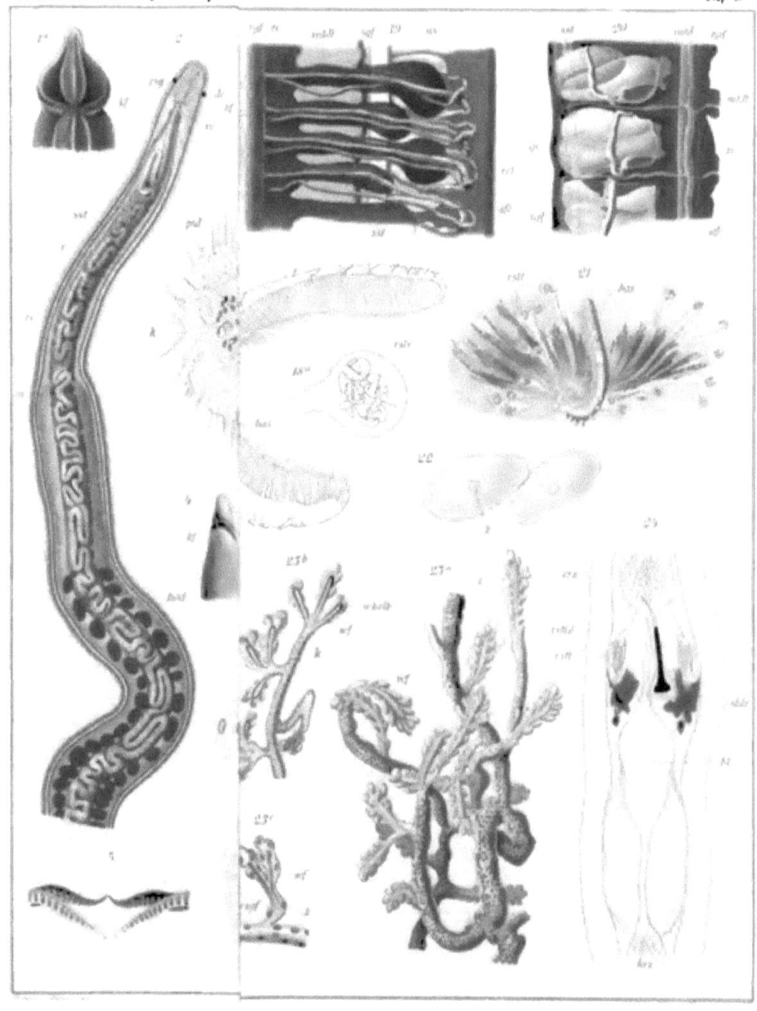

Tafel 10.

Alle Figuren mit Ausnahme von Fig. 5, 6 und 13 sind nach dem Leben gezeichnet.

a After.
au Auge.
ck Seitencanal = äusserer Abschnitt des Cerebralcanals.
corg Cerebralorgan.
corgc Cerebralcanal.
dc dorsale Gehirncommissur
dg dorsales Ganglion.
ep Epithel der Haut.
forg Frontalorgan.
gh Gehirn.
hrz hinterer Rüsselcylinder = hintere Rüsselhälfte.
kpf Kopflappen.
kn Kopfnerv.
ksp Kopfspalte.
m Mund
ms Musculatur.
md Mitteldarm.
mdt Mitteldarmtasche.
nsf Nesselfaden.
nsk Nesselkapsel.
nsw Nesselwulst.
ov Ovarium.
r Rüssel.
rc Rhynchocoelom.
rd Rhynchodaeum.
rbbz Rhabditenzellen.
rö Rüsselöffnung.
rtr Retractor des Rüssels
slgf Schlundgefäss.
sn Schlundnerv.
snc Commissur der Schlundnerven.
sorg Seitenorgan.
spr Spross.
st Seitenstamm.
vc ventrale Gehirncommissur.
vd Vorderdarm.
vg ventrales Gehirnganglion.
vrz vorderer Rüsselcylinder = vordere Rüsselhälfte.
z[1] in Fig. 22 = Drüsenzelle, in Fig. 25 = Zelle mit krystallartigen Körperchen.
z[2] in Fig. 22 = Rhabditenzelle.

Fig. 1. Gehirn von *Carinella annulata*, gez. nach Färbung mit Methylenblau. V. 50.
- 2. Gehirn von *Valencinia blanca*. V. 50.
- 3. Gehirn einer unbestimmten Lineide. V. 50.
- 4. Gehirn von *Eupolia delineata*. V. 50.
- 5. Schnitt durch einen Schlundnerv von *Cerebratulus marginatus*. V. 56.
- 6. Querschnitt durch die äusserste Kopfspitze von *Cerebratulus coloratus*, es sind 3 Frontalorgane getroffen. V. 56.
- 7. Centrale Fasersubstanz des Gehirns von *Micrura fasciolata*, gez. nach Färbung mit Methylenblau. V. 80.
- 8. Gehirn von *Cerebratulus marginatus*. V. 50.
- 9. Gehirn von *Cerebratulus fuscus*. V. 50.
- 10. Kopfspitze von *Cerebratulus fuscoides*. Es sind alle 3 Frontalorgane ausgestülpt. V. 50.
- 11. 11a. Kopfspitze von *Micrura purpurea*. Fig. 11 es sind alle 3 Frontalorgane ausgestülpt, Fig. 11a das mittelste Frontalorgan ist eingestülpt. V. 50.
- 12. 12a. Kopfspitze von *Cerebratulus corrugatus*. Es sind nur 2 sehr dicht bei einander stehende ausgestülpte Frontalorgane zu sehen. V. 50.
- 13. Schnitt aus der hinteren Gehirngegend von *Cerebratulus marginatus*. V. 56.
- 14. Anatomie von *Eupolia delineata*. V. ca. 12.
- 15. 15a. Nesselkapseln aus dem Rüssel von *Micrura purpurea*. 15 mit ausgestülptem Nesselfaden, bei 15a ist der Nesselfaden noch in der Kapsel enthalten. V. 500.
- 16. *Eupolia delineata* mit Seitensprossen. Natürliche Grösse.
- 17. Anatomie von *Cerebratulus fuscus*. V. ca. 10.
- 18. Vorderende von *Carinella superba* in der Seitenansicht. V. 2.
- 19. Vorderende von *Valencinia longirostris*, man sieht die Unterseite. V. 4.
- 20. Vorderende von *Eupolia delineata* in der Seitenansicht. V. 2½.
- 21. Stück der vorderen Rüsselhälfte mit nach aussen gekehrtem Innenepithel von *Micrura dellechiajei* V. 210.
- 22. Inneres Epithel der vorderen Rüsselhälfte von *Micrura fasciolata*. V. 325.
- 23. Inneres Epithel der vorderen Rüsselhälfte von *Micrura tristis*. V. 325.
- 24. 24a. Vorderende von *Cerebratulus marginatus*. 24 mit weitgeöffneten, 24a mit annähernd geschlossenen Kopfspalten. Natürliche Grösse.
- 25. Stück aus der Mitte des Körpers von *Cephalothrix bipunctata*. V. 325.
- 25a. Bläschen mit krystallartigen Körperchen aus dem Darm von *Cephalothrix bipunctata*. V. 500.
- 26. Inneres Epithel aus der vorderen Rüsselhälfte von *Cerebratulus urticans*. V. 240.
- 27. Desgleichen von *Cerebratulus fuscus*. V. 325.
- 28. Secret der epithelialen Drüsenzellen der Haut von *Micrura lactea*. V. 585.

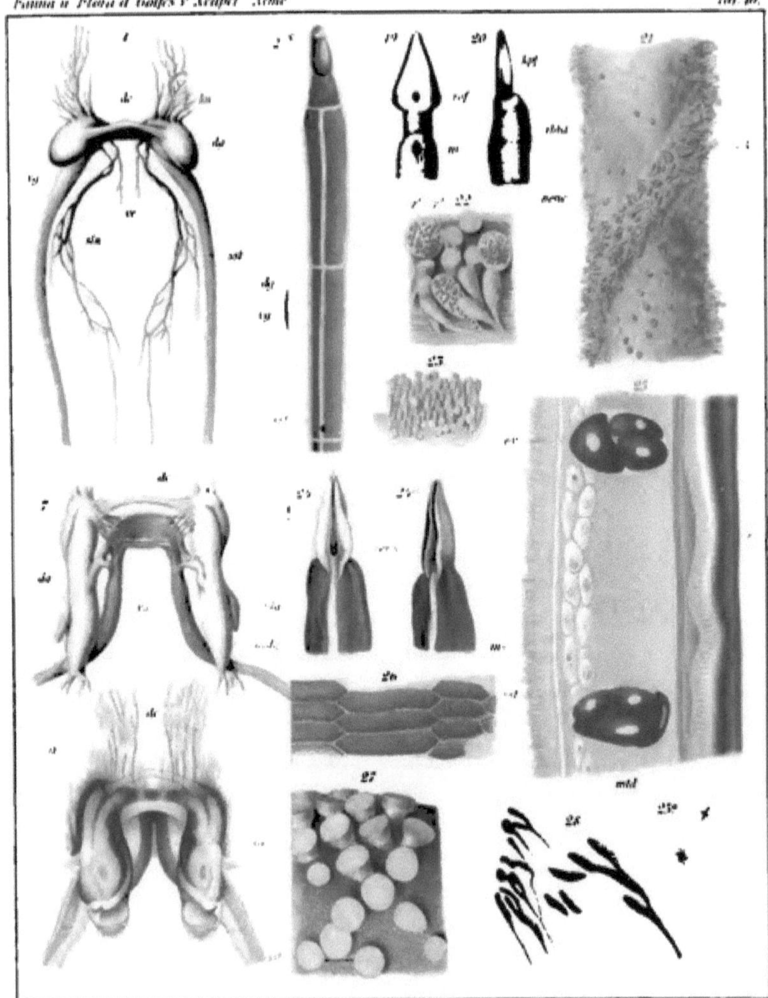

Tafel 11.

arm äussere Ringmuskelschicht
au Auge.
d Darm.
dg dorsales Ganglion.
dm dorsoventrale Muskelzüge.
ei Ei.
ep Epithel.
exd Ausführgang des Excretionsgefässes.
exgf Excretionsgefäss (Hauptstamm).
exgfz Zweige des Excretionsgefässes.
exp Excretionsporus d. i. äussere Öffnung des Excretionsgefässes.
ext Blindsäcke des Excretionsgefässes.
gld Ganglienzellbelag.
gs Grundschicht.
hod Hoden.
irm innere Ringmuskelschicht.
kgf Kopfgefässe.
lm, lm' Längsmuskelschicht.
m Mundöffnung.
md Mitteldarm.
mdt Taschen des Mitteldarms.
ns Nervenschicht.
rc Rhynchocölom.
rd Rhynchodäum.
rclm Längsmuskelschicht des Rhynchocöloms.
rcrm Ringmuskelschicht des Rhynchocöloms.
repa äusseres Epithel des Rüssels.
repi inneres " " "
rn Rüsselnerv.
rno oberer Rückennerv.
rnu unterer "
sgf Seitengefäss.
sln Schlundnerv.
sst Seitenstamm.
vc ventrale Gehirncommissur.
vd Vorderdarm.
vg ventrales Ganglion.

Fig. 1. *Carinina grata.* Ein Nephridium; schematisch dargestellt.

" 2—9. Querschnitte von *Carinina grata.* Nach Schnittserien von Herrn Prof. A. A. W. Hubrecht. Fig. 2 aus der vorderen Nephridialregion. V. 50. Fig. 3 aus der hinteren Nephridialregion; Haut und Hautmuskelschlauch sind fortgelassen. V. 50. Fig. 4 aus der vorderen Nephridialregion; sonst wie vorher. V. 50. Fig. 5 aus der Gehirngegend. V. 20. Fig. 6 aus der Gegend zwischen Mund und Nephridien (vorderste Vorderdarmregion). V. 20. Fig. 7 vollständiger Querschnitt aus der Gegend der Ausführgänge des Excretionsgefässsystems. V. 20. Fig. 8 Rüssel. V. 50. Fig. 9 aus der hinteren Nephridialregion. V. 20.

" 10—15. Querschnitte von *Cephalothrix signata.* Fig. 10 durch die Kopfspitze. V. 50. Fig. 11 aus der vorderen Gehirngegend; * isolirte Ganglienzellhaufen. V. 50. Fig. 11a Stück eines Querschnittes durch die Körperwand der Kopfspitze. V. 200. Fig. 12, 13 durch die hintere Gehirngegend. V. 50. Fig. 14 aus der Mundregion. V. 50. Fig. 15 aus der Vorderdarmgegend. V. 50.

" 16—18. Querschnitte von *Cephalothrix bipunctata.* Fig. 16 aus der Gehirngegend. V. 100. Fig. 17 zwischen Gehirn und Mund. V. 100. Fig. 18 aus der Mundgegend. V. 100.

" 19. Horizontaler Längsschnitt durch eine Körperhälfte aus der Mitteldarmgegend von *Cephalothrix bipunctata.* V. 100.

" 20. *Cephalothrix linearis.* Querschnitt aus der Mitteldarmgegend. V. 100.

" 21. *Cephalothrix bioculata.* Querschnitt des Körpers aus der Vorderdarmregion. V. 100.

" 22. Wie vorher, aus der Mitteldarmgegend. V. 100.

" 23, 24. *Cephalothrix bipunctata.* Querschnitte durch den Körper aus der Mitteldarmgegend; es wurde in Fig. 23 eine Darmtasche, in Fig. 24 ein Geschlechtssack (Hoden) getroffen. V. 100.

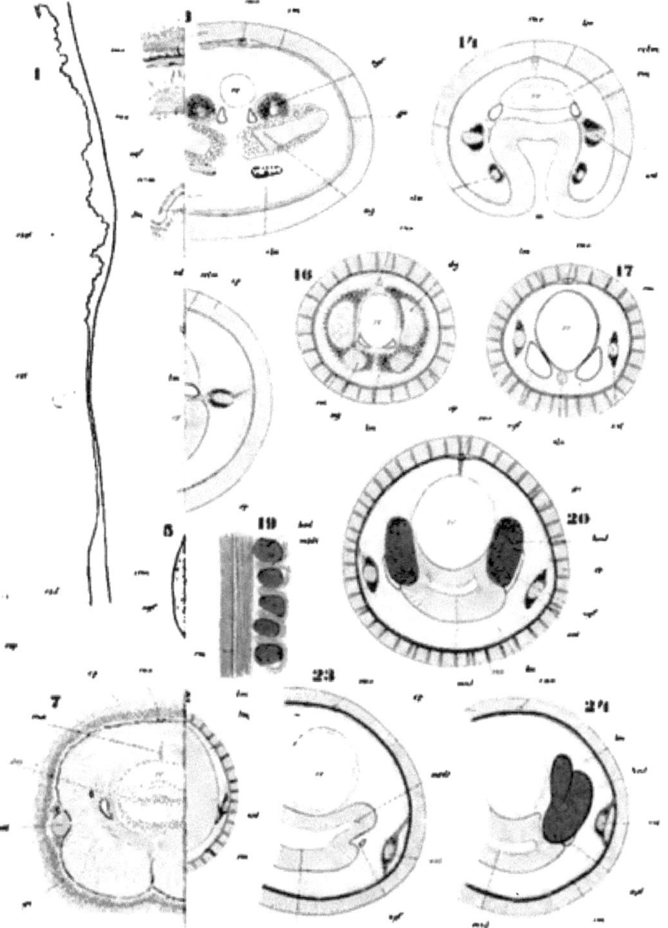

Tafel 12.

adc accessorische dorsale Gehirncommissur.
corg Cerebralorgane.
corgn Nerv des Cerebralorganes.
dc dorsale Gehirncommissur.
dg dorsales Ganglion.
dm Diagonalmuskelschicht.
ep Epithel.
ep' völlig drüsig gewordenes Epithel aus der Gegend der Geschlechtsporen.
exgf Excretionsgefässtamm.
exp Excretionsporus.
gk junge Geschlechtszellen.
gp Geschlechtsporus.
gs Grundschicht.
hod Hoden.
kdr Kopfdrüse.
kf Kopffurche.
kgf Kopfgefäss.
kgfc Commissur der Kopfgefässe.
krd dorsale Kreuzung der äusseren und inneren Ringmuskelschicht.
krv ventrale Kreuzung der äusseren und inneren Ringmuskelschicht.
lm Längsmuskelschicht.
m Mund.
mb Mundbucht.
md Mitteldarm.
mdep Epithel des Mitteldarms.
ov Ovarium.
p Parenchym.
r Rüssel.
raep Aeusseres Epithel des Rüssels.
rc Rhynchocölom.
rd Rhynchodäum.
rdep Epithel des Rhynchodäums.
rclm Längsmuskelschicht des Rhynchocöloms.
rcrm Ringmuskelschicht des Rhynchocöloms.
riep inneres Epithel des Rüssels.
rlm Längsmuskelschicht des Rüssels.
rm Ringmuskelschicht.
rno oberer Rückennerv.
rnu unterer Rückennerv.
röf Rüsselöffnung.
rrm Ringmuskelschicht des Rüssels.
rsn Rüsselnerv.
sgf Seitengefäss.
sln Schlundnerv.
sorg Seitenorgan.
sorgn Nerv des Cerebralorganes.
sst Seitenstamm.
vc ventrale Gehirncommissur.
vd Vorderdarm.
vg ventrales Ganglion.

Fig. 1. *Carinella rubicunda.* Querschnitt durch die Kopfspitze. V. 22.
- 2. - - Querschnitt aus der Gegend der Cerebralorgane. V. 22.
- 3. *Carinella polymorpha.* Querschnitt durch die vordere Gehirngegend. V. 25.
- 4. - - Querschnitt durch die Mundgegend. V. 25.
- 5. *Carinella annulata.* Querschnitt aus der Gegend der Cerebralorgane. V. 22.
- 6. *Carinella polymorpha.* Querschnitt aus der Mundgegend. V. 22.
- 7. *Carinella superba.* Querschnitt aus der Vorderdarmgegend vor den Nephridien. V. 22.
- 8. - - Querschnitt aus der Gegend der Seitenorgane. V. 22.
- 9. *Carinella polymorpha.* Medianer Längsschnitt durch das Kopfende. V. 22.
- 10, 11. - - Stück eines Querschnittes vom Rücken. Fig. 10 zeigt die beiden Rückennerven getrennt, Fig. 11 miteinander verschmolzen. V. 325.
- 12, 13. *Carinella superba,* wie vorher.
- 14. *Carinella rubicunda.* Medianer Längsschnitt durch das Kopfende. - Ausmündung der Kopfdrüse. V. 22.
- 15. *Carinella superba.* Querschnitt aus der Gegend der Seitenorgane. V. 22.
- 16. - - Horizontaler Längsschnitt einer Körperhälfte aus der Gegend der Geschlechtsorgane. V. 22.
- 17. *Carinella rubicunda.* Querschnitt aus der Gegend der Geschlechtsorgane. V. 22.
- 18. *Carinella polymorpha,* wie vorher. V. 20.
- 19. *Carinella linearis.* Querschnitt durch die Kopfspitze. V. 22.
- 20. *Carinella rubicunda.* Querschnitt aus der Mitteldarmregion. V. 22.

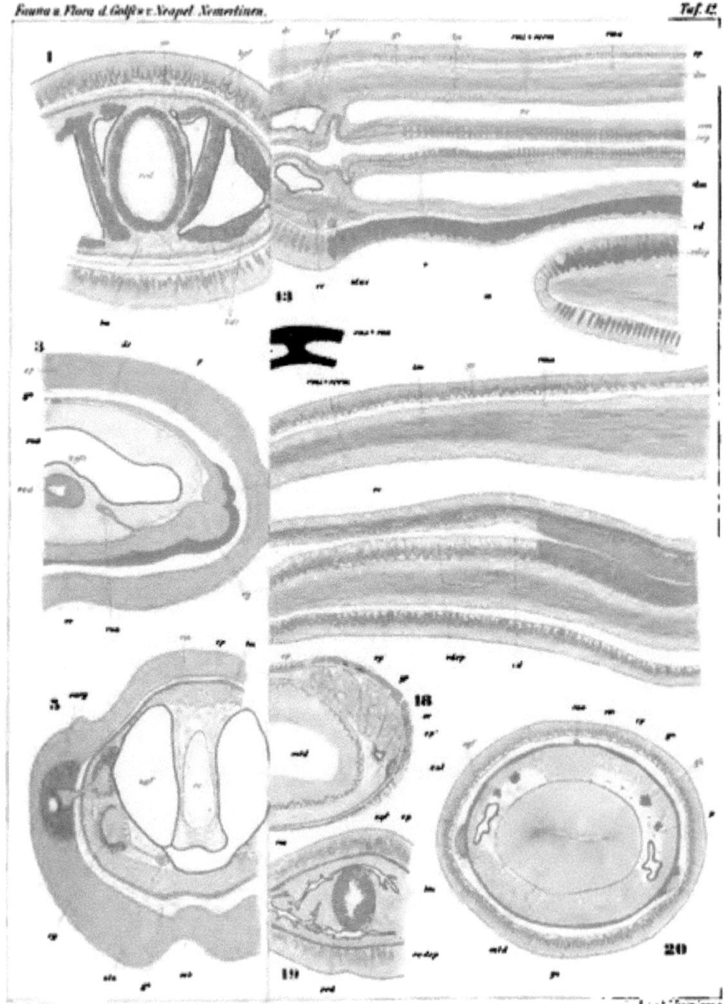

Tafel 13.

au Auge.
cc Cerebralcanal.
corg Cerebralorgan.
corgn Nerv des Cerebralorganes.
dc dorsale Gehirncommissur.
dep Darmepithel.
dg in Fig. 2, 3 u. 3a = dorsales Ganglion, in Fig. 17 = ventrales Ganglion.
dgf Darmgefäss.
drz Drüsenzelle.
ep Epithel.
ep' völlig drüsig gewordenes Epithel aus der Gegend der Geschlechtsporen.
epdr Drüsenzellen des Hautepithels.
exd Ausführgang des Excretionsgefässes.
exgf Excretionsgefäss.
exp Excretionsporus.
gbl Ganglienzellbelag.
gfc in Fig. 19 = Commissur zwischen Darm- und Seitengefäss, in Fig. 13 = Commissur zwischen Rücken- und Seitengefäss, in Fig. 14 = metamere Aussackung des Seitengefässes.
hod Hoden.
kgf Kopfgefäss.
lm Längsmuskelschicht.
m Mund.
md Mitteldarm.
mdt Tasche des Mitteldarms.
mdep Epithel des Mitteldarms.
ns Nervenschicht.
ov Ovarium.
p Parenchym.
rc Rhynchocölom.
rd Rhynchodäum.
rdep Epithel des Rhynchodäums.
rdrm Ringmuskelschicht des Rhynchodäums.
rclm Längsmuskelschicht des Rhynchocöloms.
rcrm Ringmuskelschicht des Rhynchocöloms.
repa äusseres Epithel des Rüssels.
repi inneres - - -
rgf Rückengefäss.
rlm Längsmuskelschicht des Rüssels.
rm Ringmuskelschicht.
rma äussere Ringmuskelschicht.
rmi innere -
rn Nervenschicht des Rüssels.
rno oberer Rückennerv.
rrm Ringmuskelschicht des Rüssels.
sepdr subepitheliale Drüsenzellen.
sgf Seitengefäss.
sln Schlundnerv.
slnc Schlundnervencommissur.
sst Seitenstamm.
vc ventrale Gehirncommissur.
vd Vorderdarm.
vg in Fig. 2, 3 u. 3a = ventrales Ganglion, in Fig. 17 = Wurzel der ventralen Commissur.

Fig. 1—13. Querschnittsbilder von ***Hubrechtia desiderata.***
- 1. Aus der Kopfspitze. V. 40.
- 2. Aus der vorderen Gehirngegend. V. 40.
- 3. Aus der hinteren Gehirngegend. V. 40.
- 3a. Ausschnitt aus der mittleren Gehirngegend. V. 50.
- 4. Aus der Gegend der Cerebralorgane. V. 40.
- 5. Aus der Mundgegend. V. 40.
- 6. Aus der Vorderdarmregion vor den Nephridien. V. 40.
- 7. Wie vorher, aber etwas weiter hinten. V. 40.
- 8. Aus der Gegend der Nephridien. V. 40.
- 9, 10. Aus der vorderen Mitteldarmregion. V. 40.
- 11. Ausschnitt eines Querschnittes aus der vorderen Vorderdarmgegend. V. 70.
- 12. Querschnitt aus der vorderen Mitteldarmgegend. V. 40.
- 13. Aus der hinteren Mitteldarmregion. V. 40.
- 14. *Hubrechtia desiderata.* Horizontaler Längsschnitt durch eine Körperhälfte aus der vorderen Mitteldarmgegend. V. 40.
- 15. — — Querschnitt durch ein Stück der Körperwand aus der Kopfgegend. V. 70.
- 16. — — Horizontaler Längsschnitt einer Körperhälfte auf der Grenze von Vorderdarm und Mitteldarm. V. 40.
- 17, 18. Querschnittsbilder von *Carinella linearis.* V. 30. Fig. 17 aus der Gehirngegend, *dg* = ventrales Ganglion, *vg* = Wurzel der dorsalen Commissur; die kleine Anschwellung über *dg* ist das dorsale Ganglion. Fig. 18 aus der Region der Cerebralorgane.
- 19. *Hubrechtia desiderata.* Horizontaler Längsschnitt einer Körperhälfte aus der hinteren Mitteldarmgegend. V. 30.
- 20—23. Querschnittsbilder von *Carinella linearis.* V. 30.
- 20. Aus der Gegend der Ausführgänge der Excretionsgefässe.
- 21. Aus der Gegend hinter den Excretionsgefässen. (Dieser Schnitt folgt bald auf 20)
- 22. Aus der Mitteldarmgegend eines weiblichen Thieres.
- 23. Aus der Mitteldarmgegend eines männlichen Thieres.

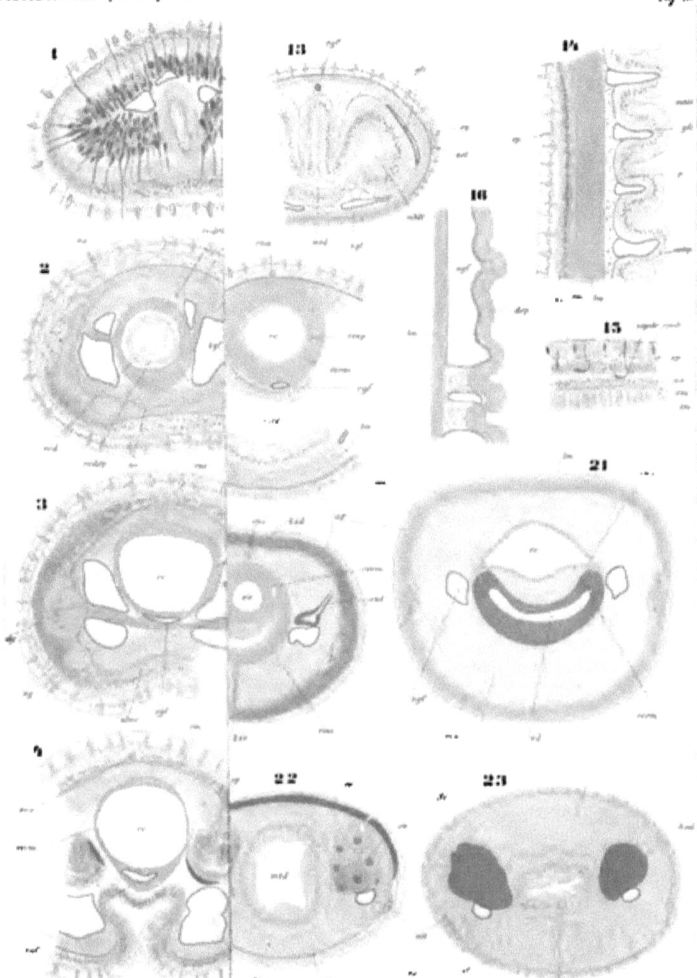
1
13
14
16
2
15
21
3
4
22
23

Tafel 14.

Alle Figuren sind nach Schnitten durch *Carinoma armandi* angefertigt, welche z. Th. Eigenthum des Herrn Prof. A. A. W. Hubrecht sind.

Vergr. Fig. 1 ca. [illegible]/1, Fig. 2 100/1, Fig. 3—20 [illegible]/1, Fig. 21—27 [illegible]/1.

bn Bauchnerv.
c Gefässcommissur.
dm Diagonalmuskelschicht.
dvm dorsoventrale Muskulatur.
endd Enddarm.
ep Epithel.
epdr Drüsenzellen des Epithels.
exd Ausführgang des Excretionsgefässes.
exgf Excretionsgefäss.
exp Excretionsporus.
gd Ausführgang eines Geschlechtssackes.
gs Geschlechtssack.
gsch Grundschicht.
irm innere Ringmuskelschicht.
lm Längsmuskelschicht.
mf Muskelfibrillen.
mtd Mitteldarm.
mtdt Mitteldarmtasche.
ozdg oberer Zipfel des dorsalen Ganglions.
p Parenchym.
r Rüssel.
rc Rhynchocölom.
rcep Rhynchocölomepithel.
rcgf Rhynchocölomgefäss.
rcms Muskulatur des Rhynchocöloms.
rcrm Ringmuskelschicht.
rcsgf Rhynchocölomseitengefäss.
rm (äussere) Ringmuskelschicht.
rn Rückennerv.
rno oberer Rückennerv.
rnu unterer Rückennerv.
rsn Rüsselnerv.
sgf Seitengefäss.
sst Seitenstamm.
uzdg unterer Zipfel des dorsalen Ganglions.
vd Vorderdarm.
vg ventrales Ganglion.

Fig. 1. Das Excretionsgefässsystem (schematisirt).
- 2. Querschnitt durch Excretionsgefäss und Seitengefäss.
- 3—18. Querschnitte durch das ganze Thier
- 3. Aus der Gehirnregion.
- 4. Ziemlich dicht hinter dem Munde.
- 5. Noch etwas weiter nach hinten.
- 6. Aus der vorderen Gegend der Nephridien.
- 7. Aus der Gegend der Ausführgänge der Nephridien.
- 8—10. Aus der hintersten Gegend der Nephridien.
- 11—13. Aus der Mitte des Körpers (Region des Mitteldarms dicht hinter den Nephridien).
- 14, 15. Wie vorher, aber noch weiter nach hinten gelegen.
- 16, 17. Aus der Gegend des Rhynchocölomendes (vor dem Enddarm).
- 18. Aus der Gegend des Enddarms.
- 19. Horizontaler Längsschnitt durch eine Körperhälfte aus der Mitte des Körpers (Mitteldarmregion).
- 20. Wie vorher, aber aus dem hinteren Ende des Körpers (Enddarmregion, es ist die hinterste Mitteldarmtasche getroffen).
- 21. Querschnitt durch die Körperwand.
- 22—24. Stücke aus Querschnitten durch die Körperwand zwischen Mund und Nephridien. In 22 liegen die Seitenstämme ausserhalb der (äusseren) Ringmuskelschicht (*rm*), in 23 in dieser, in 24 in der Längsmuskelschicht.
- 25. Ein Stück von Fig. 9.
- 26. Querschnitt durch den Rückennerv.
- 27. Querschnitt durch den Bauchnerv.

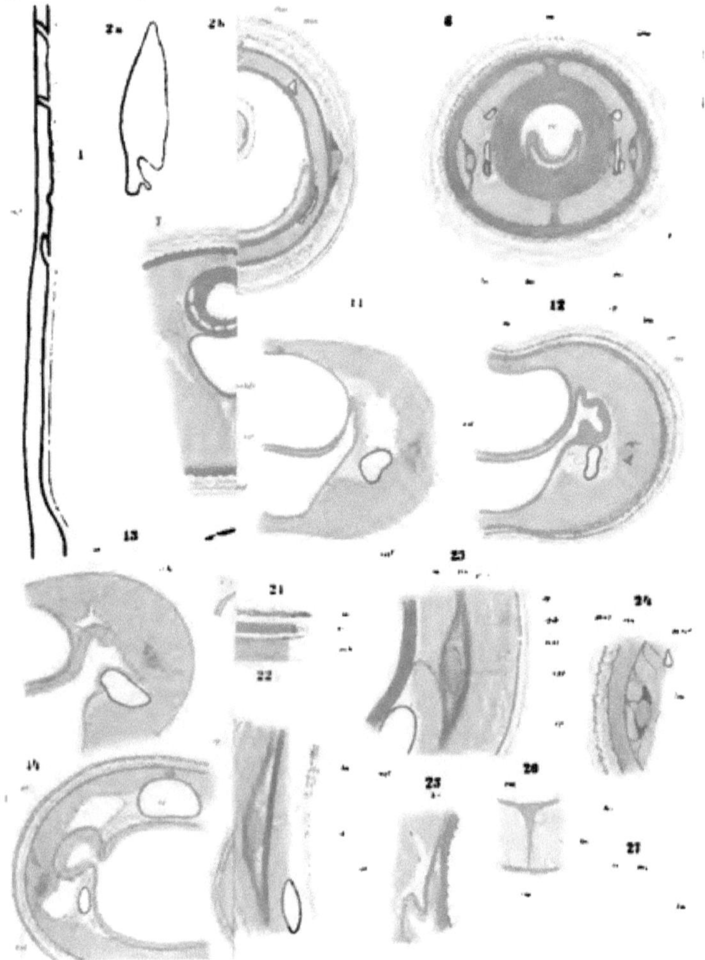

Tafel 15.

Vergr. bei sämmtlichen Figuren [illegible].

au	Auge.
bld	Blinddarm.
bldt	Tasche des Blinddarms.
c	Cerebralcanal.
corg	Cerebralorgan.
dc	dorsale Gehirncommissur.
dg	dorsales Ganglion.
dvm	dorsoventrale Muskulatur.
ep	Epithel der Haut.
g	Gehirn.
gh	Ausführgang eines Geschlechtssackes.
gsch	Grundschicht.
hod	Hoden.
kdr	Kopfdrüse.
kf	Kopffurche.
kgr	Kopfgrube.
ksl	Kopfschlinge.
lm	Längsmuskelschicht des Hautmuskelschlauches.
md	Magendarm.
mtd	Mitteldarm.
mtdt	Mitteldarmtasche.
ov	Ovarium.
p	Parenchym.
py	Pylorusrohr.
pyöf	Mündung des Pylorusrohres in den Mitteldarm.
r	Rüssel.
rc	Rhynchocölom.
rd	Rhynchodäum.
rclm	Längsmuskelschicht des Rhynchocöloms.
rcrm	Ringmuskelschicht des Rhynchocöloms.
rgf	Rückengefäss.
rm	Ringmuskelschicht des Hautmuskelschlauches.
röf	Rüsselöffnung.
sdrz	subepitheliale Drüsenzellen.
sgf	Seitengefäss.
sl	Schlund.
slöf	Mündung des Schlundes in das Rhynchodäum (= Mund).
sst	Seitenstamm.
vc	ventrale Gehirncommissur.
vg	ventrales Ganglion.

Fig. 1—5. *Nemertopsis peronea.* 1 Medianer Längsschnitt durch das Kopfende. 2—5 Querschnitte: 2 aus der Gehirngegend; 3 aus der Region des Blinddarms; 4 aus der Region des Magendarms (dicht hinter dem Gehirne); 5 aus der Mitteldarmgegend.

- 6—9. Querschnitte von *Eunemertes antonina.* 6 aus der Gehirngegend; 7 aus der hinteren Gegend des Magendarms (Pylorusgegend); 8 aus der vorderen Gegend des Magendarms; 9 aus der Mitteldarmregion.

- 10, 11. Querschnitte von *Eunemertes marioni.* 10 aus der Gehirngegend; 11 aus der Region der Cerebralorgane.

- 12—14. Querschnitte von *Eunemertes neesi.* 12 aus der Gegend des Magendarms; 13 aus der Gegend der Cerebralorgane (Kopfspitze vor dem Gehirn); 14 aus der Gehirngegend.

- 15. *Eunemertes marioni.* Querschnitt aus der Gegend des Magendarms.

- 16. *E. echinoderma.* Querschnitt durch die Kopfspitze (weit vor dem Gehirn).

- 17—20. *Amphiporus dubius.* Querschnitte. 17 durch die Kopfspitze in der Gegend der Cerebralorgane (weit vor dem Gehirn); 18 wie vorher, aber noch vor den Cerebralorganen; 19 aus der Mitteldarmgegend; 20 aus der Gehirnregion.

- 21—27. Querschnitte von *Eunemertes gracilis.* 21—24 durch die Kopfspitze vor dem Gehirn (Reihenfolge der Numerirung entsprechend, 21 vorderster Schnitt); 25 aus der Gehirngegend; 26 aus der vorderen, 27 aus der hinteren Magendarmgegend.

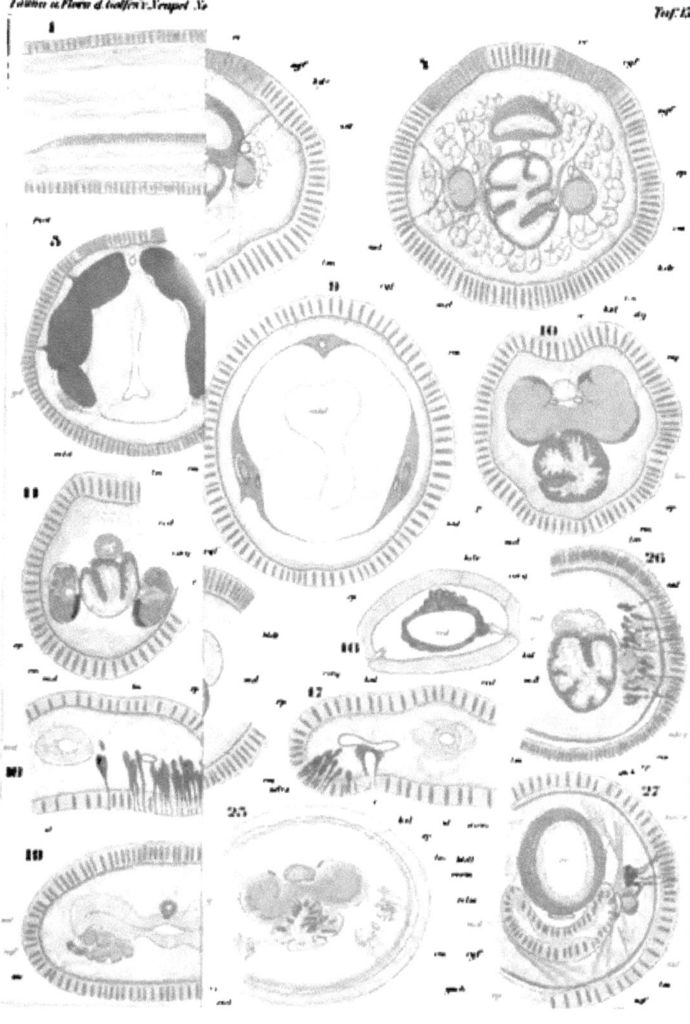

Tafel 16.

Vergr. bei sämmtlichen Figuren $^{14}/_{1}$.

ag Ausführgang.
au Auge.
bld Blinddarm.
bldt Blinddarmtasche.
c Cerebralcanal.
corg Cerebralorgan.
dc dorsale Gehirncommissur.
dg dorsales Ganglion.
dm Diagonalmuskelschicht.
dr Drüsenzellen.
dvm dorsoventrale Muskulatur.
ep Epithel.
exgf Excretionsgefäss.
exp Excretionsporus.
g Gehirn.
gfc Gefässcommissur.
gs Geschlechtssack.
gsch Grundschicht.
hod Hoden.
kdr Kopfdrüse.
kf Kopffurche.
kgr Kopfgrube (Frontalorgan).
ksl Kopfschlinge.
lm Längsmuskelschicht.
m Mund.
md Magendarm.
mtd Mitteldarm.
mtdt Mitteldarmtasche.
p Parenchym.
py Pylorusrohr.
r Rüssel.
rc Rhynchocölom.
rd Rhynchodäum.
rclm Längsmuskelschicht des Rhynchocöloms.
rcrm Ringmuskelschicht des Rhynchocöloms.
repi inneres Rüsselepithel.
rgf Rückengefäss.
rlm Rüssellängsmuskelschicht.
rm Ringmuskelschicht.
rn Rückennerv.
röf Rüsselöffnung.
rrm Rüsselringmuskelschicht.
sgf Seitengefäss.
sl Schlund.
sph Sphincter.
sst Seitenstamm
vc ventrale Gehirncommissur.
vg ventrales Ganglion.

Fig. 1. ***Amphiporus marmoratus.*** **Medianer Längsschnitt durch das Kopfende.**

" 2. ***A. virgatus.*** **Querschnitt aus der Gehirngegend.**

" 3—9. ***A. marmoratus.*** **Querschnitte. 3 und 4 aus der Gegend des Gehirns und der Cerebralorgane; 5—7 aus der Magengegend; 8 aus der vorderen, 9 aus der hinteren Mitteldarmgegend.**

" 10. ***A. longiusgeminus.*** **Querschnitt aus der Mitteldarmregion.**

" 11—14. ***A. carinelloides.*** **Querschnitte. 11—13 aus dem Kopfe, 14 aus der Magengegend.**

" 15—17. ***A. virgatus.*** **15 u. 16 Querschnitte. 15 aus der Gegend des hinteren Abschnittes des Pylorusrohres, 16 aus der Mitteldarmregion. 17 Hälfte eines horizontalen Längsschnittes aus der Mitteldarmgegend.**

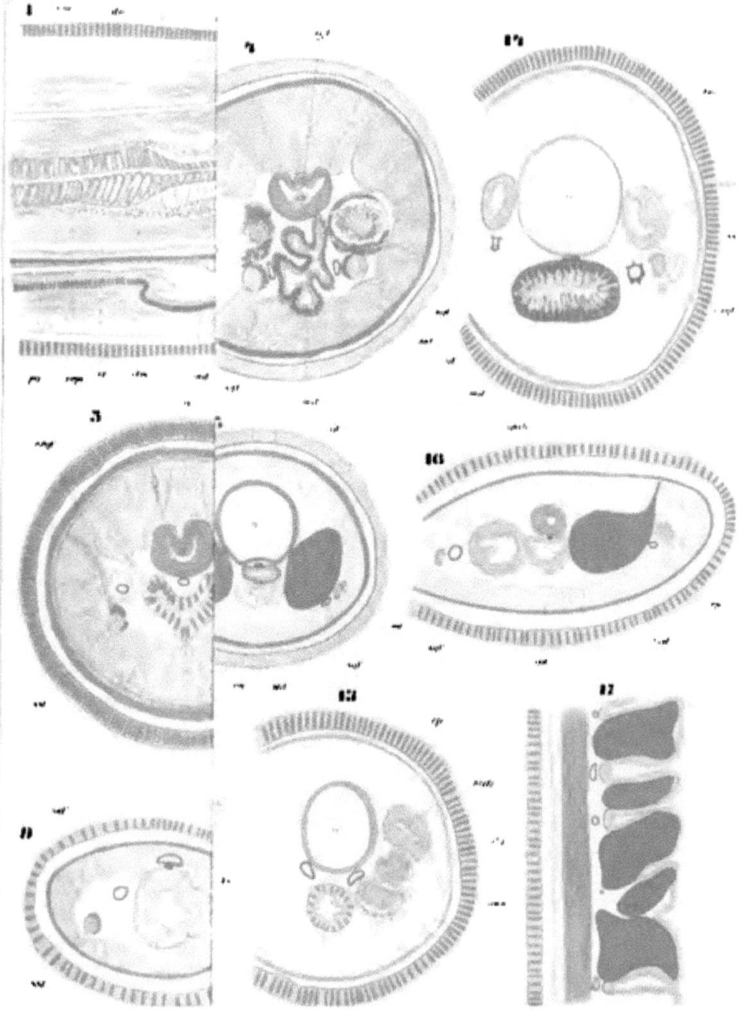

Tafel 17.

Vergr. Fig. 1—7 u. Fig. 11—16 $^{22}/_{1}$, Fig. 5 $^{40}/_{1}$, Fig. 9 $^{30}/_{1}$, Fig. 10 $^{15}/_{1}$.

bld	Blinddarm.	*kdr*	Kopfdrüse.	*rgf*	Rückengefäss.
cc	Cerebralcanal.	*kf*	Kopffurche.	*rm*	Ringmuskelschicht.
corg	Cerebralorgan.	*kg*	Kopfgrube (Frontalorgan).	*rn*	Rückennerv.
dc	dorsale Gehirncommissur.	*ksl*	Kopfschlinge.	*röf*	Rüsselöffnung.
dg	dorsales Ganglion.	*lm*	Längsmuskelschicht.	*rtr*	Retractor.
dm	Diagonalmuskelschicht.	*m*	Mund.	*s*	Sack.
dvm	dorsoventrale Musculatur.	*md*	Magendarm.	*sgf*	Seitengefäss.
ei	Ei.	*mdd*	Mitteldarm.	*sl*	Schlund.
ep	Epithel.	*mddt*	Mitteldarmtasche.	*sph*	Sphincter.
exgf	Excretionsgefäss.	*nc*	Neurochord.	*splt*	Spalt (Artefact).
exp	Excretionsporus.	*p*	Parenchym.	*sst*	Seitenstamm.
g	Gehirn.	*py*	Pylorusrohr.	*vc*	ventrale Gehirncommissur.
gfc	Gefässcommissur.	*rc*	Rhynchocölom.	*vg*	ventrales Ganglion.
gs	Geschlechtssack.	*rd*	Rhynchodäum.		
gsch	Grundschicht.	*rct*	Rhynchocölomtasche.		

Fig. 1. *Drepanophorus crassus.* Medianer Längsschnitt durch das Kopfende.
- 2—4. - *albolineatus.* Querschnitte aus der Gegend des Gehirns und der Cerebralorgane.
- 5. *Amphiporus stanniusi.* Querschnitt aus der Magengegend.
- 6, 7. *Drepanophorus crassus.* Querschnitte aus der Mitteldarmgegend.
- 8. - *cerinus.* Medianer Längsschnitt durch die Kopfspitze.
- 9—12. - *albolineatus*; 9 u. 10 Querschnitte aus der Mitteldarmgegend, 11 paramedianer Längsschnitt aus der Mitteldarmgegend, 12 Querschnitt aus der hinteren Magengegend.
- 13, 14. *Amphiporus stanniusi.* 13 Querschnitt aus der Kopfspitze.
- 15. *Drepanophorus latus.* Querschnitt aus der Magengegend.
- 16. - *crassus.* Hälfte eines horizontalen Längsschnittes aus der Mitteldarmgegend.

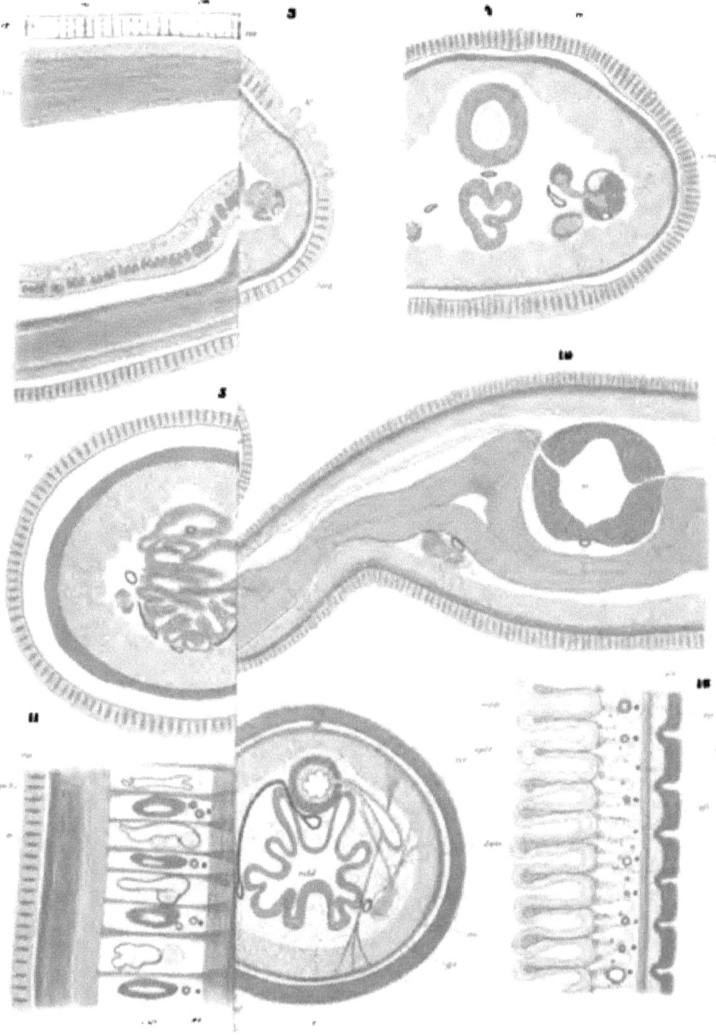

Tafel 18.

au Auge.
bld Blinddarm.
bldt Tasche des Blinddarms.
br Bauchrinne.
c Cerebralcanal.
corg Cerebralorgan.
cu Cutis.
cubg Bindegewebsschicht der Cutis.
cudr Drüsenzellschicht der Cutis.
dc dorsale Gehirncommissur.
dg dorsales Ganglion.
dr Darmrinne.
ep Epithel.
exgf Excretionsgefäss.
g Gehirn.
gp Genitalporus.
hod Hoden.
kbl Keimbläschen.
kgf Kopfgefässe.
ksl Kopfschlinge.
lm Längsmuskelschicht des Hautmuskelschlauchs.
lma äussere Längsmuskelschicht des Hautmuskelschlauchs.
lmi innere Längsmuskelschicht des Hautmuskelschlauchs.
lmi' Fortsetzung der inneren Längsmuskelschicht des Hautmuskelschlauchs um das Rhynchocölom.
m Mund.
md Magendarm.
mld Mitteldarm.
mdt Tasche des Mitteldarms.
ov Ovarium.
p Parenchym.
py Pylorusrohr.
r Rüssel.
rc Rhynchocölom.
rd Rhynchodäum.
rclm Längsmuskelschicht des Rhynchocöloms.
rcrm Ringmuskelschicht des Rhynchocöloms.
repi inneres Rüsselepithel.
rgf Rückengefäss.
rlm Längsmuskelschicht des Rüssels.
rm Ringmuskelschicht des Hautmuskelschlauchs.
rno oberer Rückennerv.
rrm Ringmuskelschicht des Rüssels.
sdrz subepitheliale Drüsenzellen.
slgf Schlundgefäss.
sst Seitenstamm.
vc ventrale Gehirncommissur.
vd Vorderdarm.
vdrm Ringmusculatur des Vorderdarms.
vdrz subepitheliale Drüsenzellen des Vorderdarms.
vg ventrales Ganglion.

Fig. 1—5. *Malacobdella grossa*. V. 30.
1. Querschnitt aus der mittleren, verengten Gegend des Vorderdarms (s. Fig. 2. $\frac{1}{1}$).
2. Medianer Längsschnitt durch das vordere Körperende.
3. Querschnitt aus der vorderen Gehirngegend (s. Fig. 2. $\frac{3}{3}$).
4. Querschnitt aus der hinteren Vorderdarmgegend (s. Fig. 2. $\frac{4}{4}$).
5. Paramedianer Längsschnitt durch die Saugscheibe.

- 6. *Tetrastemma cruciatum*. Querschnitt aus der Gehirngegend. V. 40.
- 7. *T. longissimum*. Querschnitt aus der Gegend des Blinddarms. V. 40.
- 8—10. *T. peltatum*. Querschnitte aus der Mitteldarmgegend. V. 40.
- 11. *T. cruciatum*. Querschnitt durch eine Gehirnhälfte aus der Gegend der Cerebralorgane. V. 40.
- 12. *Prosadenoporus badiovagatus*. Medianer Längsschnitt durch das Kopfende. V. 35.
- 13. *P. janthinus*. Querschnitt aus der vorderen Mitteldarmgegend. V. 35.
- 14—16. *Ototyphlonemertes macintoshi*. Querschnitte. 14 aus der mittleren, 15 aus der hinteren Gehirngegend, 16 aus der Region des Magendarms. V. 40.
- 17—20. *O. duplex*. Querschnitte. 17 aus der hinteren, V. 50; 18 aus der vorderen Gehirngegend, V. 40; 19 aus der Gegend des Magendarms, V. 40; 20 aus der Gegend des Mitteldarms, V. 40.
- 21. *Tetrastemma longissimum*. Querschnitt aus der Gegend des Blinddarms. V. 40.
- 22. *Oerstedia dorsalis*. Querschnitt aus der Mitteldarmregion. V. 40.
- 23. *Lineus versicolor*. Querschnitt aus der vorderen Mitteldarmregion. V. 22.
- 24. *Cerebratulus luteus*. Wie vorher. V. 35.
- 25. *Lineus bilineatus*. Querschnitt aus der Kopfspitze. V. 22.
- 26. *Micrura dellechiajei*. Wie vorher. V. 22.
- 27. *Cerebratulus urticans*. Querschnitt aus der Gegend der Excretionsgefässe. V. 22.

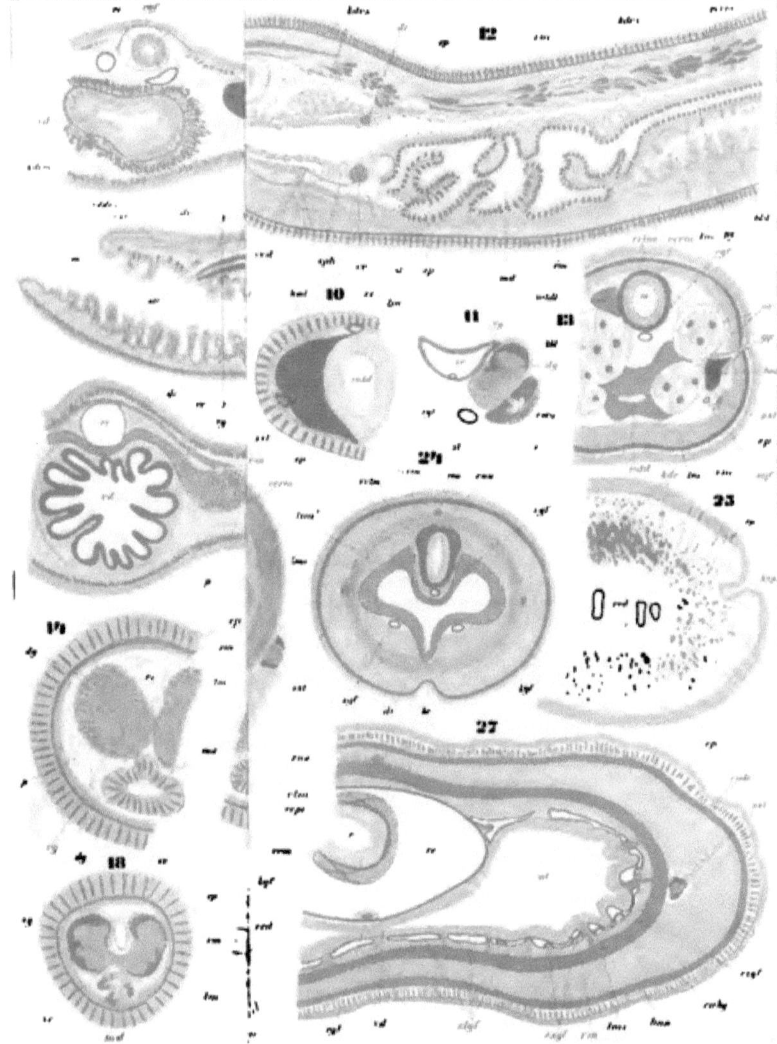

Tafel 19.

Vergr. bei Fig. 10 $^{90}/_{1}$, Fig. 17 u. 21 $^{30}/_{1}$, Fig. 20 u. 20a $^{200}/_{1}$, sonst $^{77}/_{1}$.

Alle Figuren sind nach Schnitten durch *Eupolia* angefertigt.

bm Basalmembran
c Cerebralcanal.
corg Cerebralorgan.
cubg Bindegewebsschicht der Cutis.
cudr Drüsenzellschicht der Cutis.
cugs zur Gallertschicht gewordene Bindegewebsschicht der Cutis.
dc dorsale Gehirncommissur.
dg dorsales Ganglion.
ep Hautepithel.
exgf Excretionsgefäss.
exp Excretionsporus.
g Gehirn
gfc Gefässcommissur
gs Geschlechtssack.
k Kern.
kdr Kopfdrüsenzellschläuche.
kgr Kopfgrube (Frontalorgan).
ksp Kopfspalte.
lmu äussere Längsmuskelschicht des Hautmuskelschlauchs.
lmi innere Längsmuskelschicht des Hautmuskelschlauchs.
m Mund.
md Mitteldarm.
mdt Tasche des Mitteldarms.
r Rüssel.
rc Rhynchocölom.
rd Rhynchodäum.
rcrm Ringmuskelschicht des Rhynchocöloms.
rgf Rückengefäss.
rm Ringmuskelschicht des Hautmuskelschlauchs.
rn Rückennerv.
sc Seitencanal.
sgf Seitengefäss.
slgf Schlundgefäss.
sln Schlundnerv.
sst Seitenstamm.
vc ventrale Gehirncommissur.
vd Vorderdarm.
vg ventrales Ganglion.
vgfc ventrale Gefässcommissur.

Fig. 1—3. *E. pellucida.* Querschnitte aus der Gehirnregion.
- 4. *E. delineata.* Querschnitt aus dem hinteren Abschnitt des Gehirns.
- 5. *E. curta.* Medianer Längsschnitt durch das Kopfende.
- 6, 7. *E. delineata.* Querschnitte aus der Gehirnregion.
- 8, 9. *E. minor.* Querschnitte aus der hinteren Gehirnregion.
- 10. *E. minor.* Querschnitt durch eine Gehirnhälfte in der Gegend der Cerebralorgane.
- 11. *E. pellucida.* Querschnitt aus der hinteren Gehirnregion.
- 12. *E. hemprichi.* Querschnitt aus der Gegend der Excretionsgefässe.
- 13—15. *E. curta.* Querschnitte. 13 aus der Mundgegend, 14 aus der vorderen, 15 aus der mittleren Gehirnregion.
- 16. *E. pellucida.* Querschnitt aus der hinteren Mitteldarmgegend.
- 17. *E. hemprichi.* Querschnitt durch eine Gehirnhälfte in der Gegend der Cerebralorgane.
- 18. *E. delineata.* Querschnitt aus der hinteren Mitteldarmgegend.
- 19. *E. delineata.* Horizontaler Längsschnitt einer Körperhälfte.
- 20, 20a. *E. delineata.* 20 Kopfgrube auf einem horizontalen Längsschnitt, 20a Epithel derselben mit einer Nachfärbung mit Ehrlich'schem Hämatoxylin.
- 21. *E. curta.* Stück eines Querschnittes durch die Körperwand.

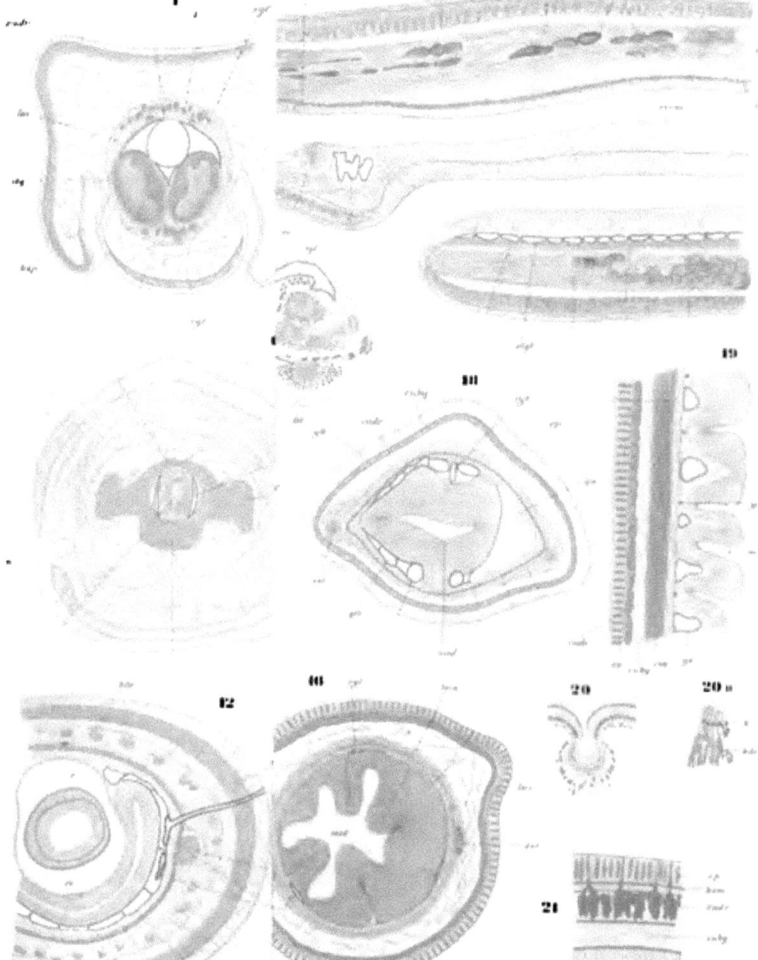

Tafel 20.

Vergr. Fig. 8, 12, 18—20 [illegible], Fig. 14 [illegible], sonst [illegible].

au	Auge.	*kdr*	Kopfdrüsenzellschläuche.	*rgf*	Rückengefäss.
c	Cerebralcanal.	*ksp*	Kopfspalte.	*rlm*	Längsmuskelschicht des Rüssels.
corg	Cerebralorgan.	*kz*	Muskelkreuzung.	*rlm'*	innere Längsmuskelschicht des Rüssels.
cu	Cutis.	*lm*	Längsmuskelschicht.	*rn*	Rüsselnerv.
cubg	Bindegewebsschicht der Cutis.	*lma*	äussere Längsmuskelschicht des Hautmuskelschlauchs.	*rof*	Rüsselöffnung.
cudr	Drüsenzellschicht der Cutis.	*lmi*	innere Längsmuskelschicht des Hautmuskelschlauchs.	*rrm*	Ringmuskelschicht des Rüssels.
dg	dorsales Ganglion.	*m*	Mund.	*sc*	Seitencanal.
dri	Darmrinne.	*mb*	Mundbucht.	*sgf*	Seitengefäss.
drm	dorsoventrale Musculatur.	*mhl*	Mundhöhle.	*slgf*	Schlundgefäss.
ep	Hautepithel.	*mtd*	Mitteldarm.	*sln*	Schlundnerv.
exg	Ausführgang des Excretionsgefässes.	*mtdt*	Tasche des Mitteldarms.	*spdr*	Speicheldrüse.
exgf	Excretionsgefäss.	*ov*	Ovarium.	*sst*	Seitenstamm.
exp	Porus des Excretionsgefässes.	*oadg*	oberer Zipfel des dorsalen Ganglions.	*uzdg*	unterer Zipfel des dorsalen Ganglions.
gfvc	ventrale Gefässcommissur.	*p*	Parenchym.	*vc*	ventrale Gehirncommissur.
gs	Geschlechtssack.	*r*	Rüssel.	*vg*	ventrales Ganglion.
gzk	Ganglienzellkerne.	*rc*	Rhynchocölom.		
hod	Hoden.	*rrd*	Rhynchodäum.		

Fig. 1. *Euborlasia elisabethae.* Querschnitt aus der vorderen Mitteldarmgegend.

- 2. Wie vorher, aus der Gegend der Cerebralorgane.
- 3—7. *Lineus geniculatus.* Querschnitte. 3 aus der vorderen, 4 aus der hinteren Gehirngegend, 5 aus der Gegend der Cerebralorgane, 6 aus der Vorderdarmregion, 7 aus der Mitteldarmregion.
- 8. *L. gilvus.* Querschnitt aus der Gegend der Excretionsgefässe.
- 9. *L. versicolor.* Querschnitt aus der vorderen Mitteldarmgegend.
- 10. *Cerebratulus rubens.* Stück eines Querschnittes aus der Vorderdarmregion.
- 11—13. *Valencinia longirostris.* 11 Querschnitt aus der Region der Excretionsgefässe, 12 Querschnitt durch eine Gehirnhälfte (hintere Gehirngegend), 13 medianer Längsschnitt durch das Kopfende.
- 14. *V. blanca.* Querschnitt aus der hinteren Gehirngegend.
- 15. Wie vorher. Querschnitt aus der Mitteldarmregion.
- 16. *L. geniculatus.* Querschnitt am Beginn des Mundes.
- 17. Wie vorher, aus der Mitte des Mundes.
- 18—20. *L. lacteus.* Querschnitte. 18 aus der vorderen Gehirngegend, 19 zwischen Gehirn und Mund, 20 aus der hinteren Gehirngegend.
- 21. *L. coccineus.* Querschnitt aus der vorderen Gehirngegend.
- 22. Wie vorher, aus der Region der Cerebralorgane.

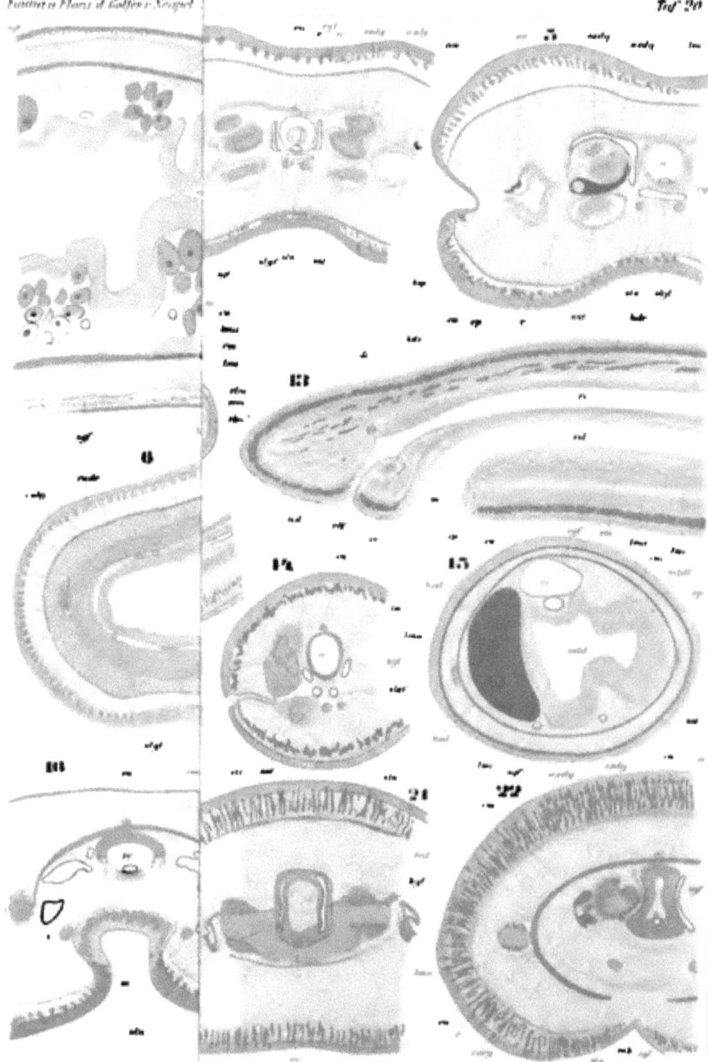

Tafel 21.

Vergr. bei Fig. 9 [illegible], sonst [illegible].

Alle Figuren sind nach Schnitten durch *Cerebratulus* angefertigt.

alm	äussere Längsmuskelschicht.	*gs*	Geschlechtssack.	*rc*	Rhynchocölom.
corg	Cerebralorgan.	*gzk*	Ganglienzellkerne.	*rcsgf*	Rhynchocölomseitengefäss.
cu	Cutis.	*ilm*	innere Längsmuskelschicht.	*rgf*	Rückengefäss.
dc	dorsale Gehirncommissur.	*kdrz*	Kopfdrüsenzellen.	*rm*	Ringmuskelschicht.
dg	dorsales Ganglion.	*ksp*	Kopfspalte.	*rn*	Rückennerv.
dgm	Diagonalmuskelschicht.	*lm*	Längsmuskelschicht.	*rno*	oberer Rückennerv.
dem	dorsoventrale Musculatur.	*m*	Mund.	*rnu*	unterer Rückennerv.
ei	Ei.	*mna*	äussere Muskelnervenschicht.	*sgf*	Seitengefäss.
ep	Epithel.	*mni*	innere Muskelnervenschicht.	*slgf*	Schlundgefäss.
exgf	Excretionsgefäss.	*md*	Mitteldarm.	*sln*	Schlundnerv.
exgfd	Ausführgang des Excretionsgefässes.	*mdt*	Mitteldarmtasche	*spdr*	Speicheldrüse.
exp	Excretionsporus.	*p*	Parenchym.	*sst*	Seitenstamm.
gfc	Gefässcommissur.	*r*	Rüssel.	*vdep*	Vorderdarmepithel.
				vg	ventrales Ganglion.

Fig. 1. Medianer Längsschnitt durch das Vorderende von *Cerebratulus marginatus*.

- 2—10. Querschnitte von *Cerebratulus marginatus*. 2 durch die vordere Gehirnregion, 3 durch die mittlere Gehirnregion, 4 aus der Gegend der Cerebralorgane, 5 u. 6 aus der Mundgegend, 7 aus der Gegend der Ausführgänge der Excretionsgefässe, 8 aus der Vorderdarmregion (vor den Excretionsgefässen), 9 ein Stück des Querschnittes Fig. 8, 10 aus dem hinteren Körperende, aber vor dem Appendix.
- 11. *C. joubini*. Querschnitt aus der hinteren Vorderdarmgegend.
- 12, 13. *C. marginatus*. 12 Hälfte eines horizontalen Längsschnittes aus der Mitteldarmregion, 13 Stück eines paramedianen Schnittes aus der Mitteldarmregion.
- 14. *C. pantherinus*. Querschnitt aus dem Anfang der Mitteldarmregion.
- 15—17. *C. marginatus*. Schnitte aus dem Schwänzchen. 15 horizontaler Längsschnitt, 16 Querschnitt, 17 Paramedianschnitt.
- 18, 19. *C. marginatus*. Paramedianschnitte aus der hinteren Mitteldarmgegend (vor dem Schwänzchen).
- 20. *C. urticans*. Querschnitt aus der Gegend des Mundes.
- 21. *C. ligurinus*. Querschnitt aus der hinteren Mitteldarmregion.

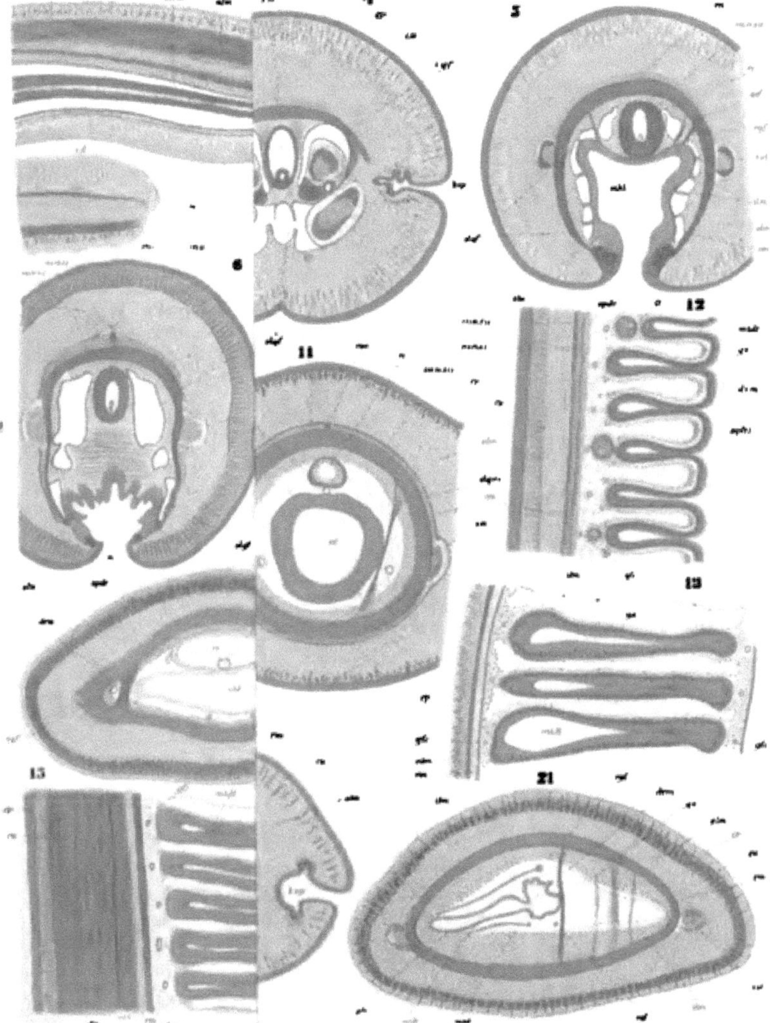

Tafel 22.

alm	äussere Längsmuskelschicht.	*k*	Kern.	*rdmf*	radiale Muskelfibrillen.
bgw	Bindegewebe.	*l*	Lücke.	*rgf*	Rückengefäss.
bk	Bindegewebskern.	*lmep*	subepitheliale Längsmuskelschicht.	*ri*	Rinne (Rückenrinne).
bm	Basalmembran.	*lmf*	Längsmuskelfasern.	*rm*	Ringmuskelschicht.
c	Cerebralcanal.	*m*	Mund.	*rmep*	subepitheliale Ringmuskelschicht.
ci	Cilien.	*mnsu*	äussere Muskelnervenschicht.	*rn*	Rückennerv.
cikn	Knöpfchen der Cilien.	*ms*	Musculatur.	*rno*	oberer Rückennerv.
cist	Stäbchen der Cilien.	*mtd*	Mitteldarm.	*rnu*	unterer Rückennerv.
cu	Cutis.	*mtdt*	Mitteldarmtasche.	*sgf*	Seitengefäss.
dgm	Diagonalmuskelschicht.	*n*	Nerv.	*skr*	Secretkörner.
drz	Drüsenzellen.	*nsch*	Nervenschicht.	*skstr*	Secretgänge.
drz'	Drüsenzellmasse.	*ozdg*	oberer Zipfel des dorsalen Ganglions.	*sldr*	homogene Schleimdrüsenzellen.
drm	dorsoventrale Musculatur.	*pdr*	Packetdrüsenzellen.	*slgf*	Schlundgefäss.
ep	Epithel.	*rc*	Rhynchocölom.	*sln*	Schlundnerv.
epfz	Epithelfadenzelle.	*rcep*	Rhynchocölomepithel.	*sst*	Seitenstamm.
fdrz	Flaschendrüsenzelle.	*rclm*	Längsmuskelschicht des Rhynchocöloms.	*stdr*	Stäbchendrüsenzellen.
gall	Gallerte.	*rcrm*	Rhynchocölomringmuskelschicht.	*uzdg*	unterer Zipfel des dorsalen Ganglions.
gp	Geschlechtsporus.			*vdep*	Vorderdarmepithel.
grsch	Grundschicht.				
hac	Häkchen.				
ilm	innere Längsmuskelschicht.				

Fig. 1. *Langia formosa.* Querschnitt aus der Gegend der Cerebralorgane. V. 28/1.
- 2. *Mirrura dellechiajei.* Querschnitt aus der Gegend des Mundes. V. [illegible].
- 3, 4. *Langia formosa.* Querschnitte. 3 aus der Mundgegend, 4 aus der Mitteldarmregion. V. [illegible].
- 5—9. *Carinella polymorpha.* Stücke von Querschnitten durch die Haut. 5, 6 aus der Vorderdarmgegend dicht hinter dem Munde (6 etwas hinter 5), 7 aus der vorderen, 8 aus der hinteren Mitteldarmregion, 9 aus der Vorderdarmregion hinter den Nephridien. V. [illegible].
- 10, 11. *Carinella superba.* Wimperbesatz der Seitenorgane. V. [illegible].
- 12—14. *Carinella rubicunda.* Stücke von Schnitten durch die Haut. 12 aus der Nephridialregion (Querschnitt), 13 vom Kopfe (Längsschnitt), 14 aus der Mitteldarmgegend (Querschnitt). V. [illegible].
- 15, 16. *Carinoma armandi.* Stücke von Querschnitten durch die Haut aus der Vorderdarmregion. 15 vor den Nephridien, V. [illegible]; 16 aus der Gegend der Nephridien, V. [illegible].
- 17. *Tetrastemma longissimum.* Stück eines Querschnitts durch die Haut aus der Magendarmgegend. V. 210/1.
- 18, 19. *Carinina grata.* Stücke von Schnitten durch die Haut. 18 vom Kopfe (Querschnitt), V. [illegible]; 19 aus der Gegend der Nephridien (Längsschnitt). V. [illegible].
- 20. *Carinella rubicunda.* Stück eines Querschnittes durch die Haut der mittleren Mitteldarmregion. V. [illegible].
- 21, 22. *Carinella polymorpha.* Stücke von Querschnitten durch die Haut eines geschlechtsreifen Weibchens. V. 144/1.
- 23. *Drepanophorus crassus.* Stück eines Querschnittes durch die Haut aus der Mitteldarmregion. V. [illegible].
- 24. *Carinella polymorpha.* Grundschicht im Tangentialschnitt. V. [illegible].
- 25, 26. - - Epithel im Tangentialschnitt. V. [illegible].
- 27. *Eunemertes gracilis.* Stück eines Querschnittes durch die Haut aus der Magendarmregion. V. 210/1.
- 28. *Euborlasia elisabethae.* Stück eines Querschnittes durch die Haut aus der Vorderdarmregion. V. [illegible].
- 29. *Cerebratulus marginatus.* Stück eines Querschnittes durch die gesammte Körperwand aus der Vorderdarmgegend (hinter den Nephridien). V. [illegible].
- 30. *Cerebratulus tigrinus.* Stück eines Längsschnittes durch die gesammte Körperwand (bis zum Darmepithel). V. [illegible].
- 31, 32. *Cerebratulus marginatus.* 31 Stück eines Querschnittes durch die Haut vom Kopfe, V. [illegible]; 32 isolirte Epithelfadenzelle, V. [illegible].
- 32a. *Eunemertes gracilis.* Pigmentzellen aus der Haut (nach dem lebenden Thiere gez.). V. 240/1.
- 33. *Drepanophorus crassus.* Grundschicht im Tangentialschnitt. V. [illegible].
- 34. *Pelagonemertes.* Stück eines Querschnittes durch die Körperwand. V. [illegible].
- 35. *Eupolia delineata.* Stück eines Querschnittes durch die Körperwand. V. [illegible].
- 36. *Cerebratulus marginatus.* Stück eines Querschnittes durch die Haut aus der Vorderdarmregion. V. [illegible].
- 37. *Lineus lacteus.* Wie vorher.
- 38. *Valencinia longirostris.* Wie vorher. V. [illegible].
- 39. *Euborlasia elisabethae.* Stück eines Querschnittes durch die Haut aus der Mitteldarmgegend. V. [illegible].
- 40. *Lineus geniculatus.* Wie vorher, aber aus der Mundgegend. V. [illegible].
- 41. *Eupolia curta.* Stück eines Längsschnittes durch die Haut aus der Vorderdarmregion. V. [illegible].
- 42. *Cephalothrix linearis.* Stück eines Querschnittes durch die Haut aus der Mundgegend. V. [illegible].
- 43. *Eunemertes echinoderma.* Stück eines Querschnittes durch die Haut aus der Vorderdarmregion. V. [illegible].

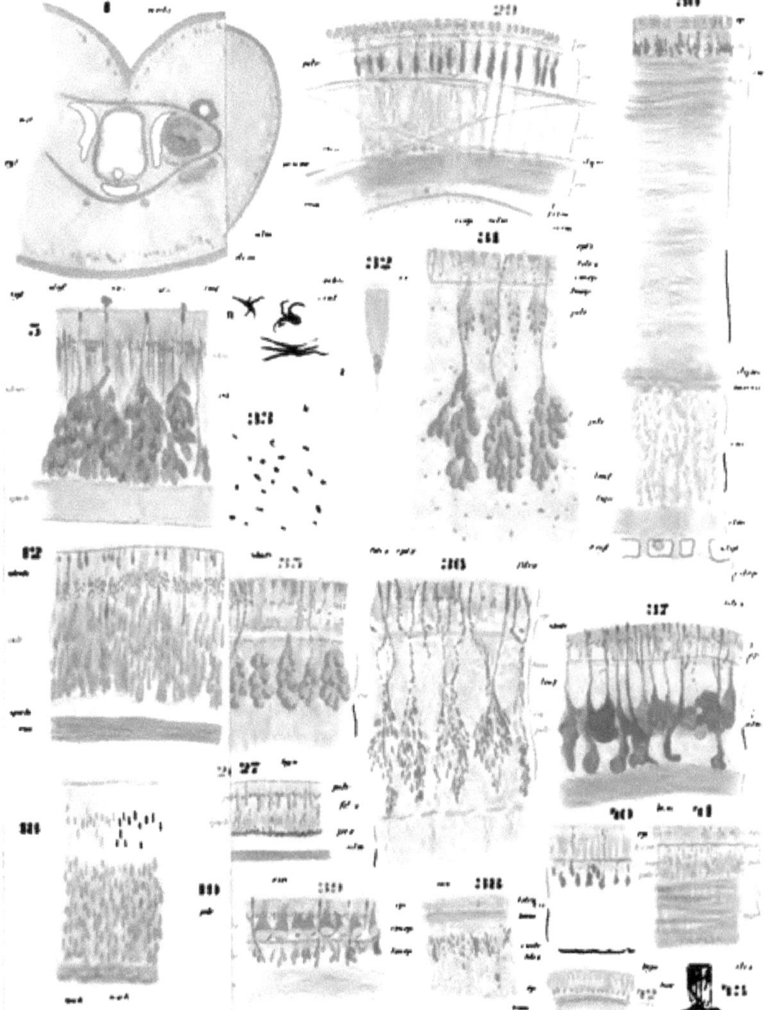

Tafel 23.

aep äusseres Rüsselepithel.
alm äussere Längsmuskelschicht.
almr äussere Längsmuskelschicht des Rüssels.
almr' äussere Schicht der äusseren Längsmuskelschicht des Rüssels.
almr'' innere Schicht der äusseren Längsmuskelschicht des Rüssels.
armr äussere Ringmuskelschicht des Rüssels.
ast Angriffsstilet.
bas Basis des Angriffsstilets.
bgw Bindegewebe.
bgwk Bindegewebskerne.
bgwz Zweige des Bindegewebes.
bl Zwiebelförmige Blase = Bulbus.
blgep Blutgefässepithel.
blgk Kerne des Blutgefässepithels.
blgrm Ringmuskelschicht der Blutgefässe.
bz Becherzelle.
ci Cilie.
cubg Bindegewebsschicht der Cutis.
cudr Drüsenzellschicht der Cutis.
dej Ductus ejaculatorius.
dm Diagonalmuskelschicht.
dr Drüse.
drz Drüsenzelle.
drm dorsoventrale Muskelzüge.
ep Epithel.
eprc Rhynchocölomepithel.
exgf Excretionsgefäss.
exgfep Epithel des Excretionsgefässes.
exgfz Zweig des Excretionsgefässes.
fa Falte.
fdr Flaschendrüsenzelle.
gsch Grundschicht des Hautepithels.
gschr Grundschicht des inneren und äusseren Rüsselepithels.
gschrc Grundschicht des inneren Rhynchocölomepithels.
gzk Ganglienzellkerne.
hrz hinterer Rüsselcylinder.
iep inneres Rüsselepithel.
ilm innere Längsmuskelschicht des Hautmuskelschlauches.
ilmr innere Längsmuskelschicht des Rüssels.
irmr innere Ringmuskelschicht des Rüssels.
k Kern.
k' geschwänzter Kern.
kk Kernkörperchen.
kgf Kopfgefäss.
lm Längsmuskelschicht.
lm' äussere Schicht der Längsmuskelschicht des Rüssels.
lm'' innere Schicht der Längsmuskelschicht des Rüssels.
lmf Längsmuskelfaser.
lmrc Längsmuskelschicht des Rhynchocöloms.
mfbd Muskelfaserbündel.
mfa fibrilläres Theil der Muskelfaser.
mz Muskelfaser (= Muskelzelle).
mkr Muskelkreuzungen.
nsch Nervenschicht.
pz Parenchymzelle.
rc Rhynchocölom.
rd Rhynchodäum.
rdep Epithel des Rhynchodäums.
rcgf Rhynchocölomgefäss.
rcsgf Rhynchocölomseitengefäss.
rgf Rückengefäss.
rhd Rhabditen.
rm Ringmuskelschicht.
rmf Ringmuskelfasern.
rmi innere Ringmuskelschicht.
rmr Ringmuskelschicht des Rüssels.
rmrc Ringmuskelschicht des Rhynchocöloms.
rn Rüsselnerv.
rns Rüsselnervenschicht.
rst Reservestilet.
rstt Reservestilettasche.
sgf Seitengefäss.
sdrd Drüsenausführgänge.
sphh hinterer Sphincter.
sphv vorderer Sphincter.
vlf Verdickungen der Längsmuskelfasern.
vrz vorderer Rüsselcylinder.
z Zellen.

Fig. 1. *Cerebratulus marginatus.* Querschnitt durch die vordere Rüsselhälfte. V. [illegible].
- 2. *Eupolia delineata.* Wie vorher. V. [illegible].
- 3. *Amphiporus pulcher.* Stück eines Querschnittes durch die vordere Rüsselhälfte. V. [illegible].
- 4. *Drepanophorus spectabilis.* Stück eines Querschnittes durch den vorderen Rüsselcylinder. V. [illegible].
- 5. *Drepanophorus crassus.* Querschnitt durch den vorderen Rüsselcylinder. V. [illegible].
- 6. *Cerebratulus marginatus.* Hälfte eines Querschnittes durch das Rhynchocölom nebst anhängendem Blutgefäss. V. [illegible].
- 7. - - Stück eines Längsschnittes durch die Rhynchocölomwand. V. [illegible].
- 8. - - Querschnitt durch die Rhynchocölomwand in der Gegend der Rhynchocölomgefässe. V. [illegible].
- 9. *Valencinia longirostris.* Hälfte eines Querschnittes durch die vordere Rüsselhälfte. V. [illegible].
- 10. *Amphiporus marmoratus.* Querschnitt durch die Basis des Angriffsstilets, den Ductus ejaculatorius und die angrenzenden Drüsen, Muskeln und Nerven. V. [illegible].
- 11. *Lineus albocinctus.* 11a Rhabditen aus dem inneren Rüsselepithel. V. [illegible]; 11b inneres Rüsselepithel. V. [illegible].
- 12. *Amphiporus marmoratus.* Stück eines Längsschnittes durch die Wand des vorderen Rüsselcylinders. V. [illegible].
- 13. - - Querschnitt durch den Rüssel aus der Gegend der Reservestilettaschen. V. [illegible].
- 14. *Prosorhochmus korotneffi.* Längsschnitt aus der Mitte des Rüssels. V. [illegible].
- 15. *Amphiporus marmoratus.* Längsschnitt durch das vordere Ende des ausgestülpten Rüssels. V. [illegible].
- 16. *Drepanophorus spectabilis.* Querschnitt durch den Rüssel aus der Gegend des Angriffsstilets. V. [illegible].
- 17. Vom vorigen Schnitt sind Basis und Ductus ejaculatorius stärker vergrössert dargestellt. V. [illegible].
- 18. *Amphiporus marmoratus.* Querschnitt durch den hinteren Rüsselcylinder. V. [illegible].
- 19. *Cerebratulus marginatus.* Längsschnitt durch die Wand des Rhynchocöloms aus der Gegend der Rhynchocölomgefässe. V. [illegible].
- 20. *Carinella superba.* Stück eines Querschnittes durch die Längsmuskelschicht des Hautmuskelschlauchs. V. [illegible].
- 21. *Eupolia pellucida.* Stück eines Querschnittes durch die Körperwand. V. [illegible].
- 22. *Carinoma greta.* Stück eines Querschnittes durch den Hautmuskelschlauch (die äussere Schicht des Epithels ist nicht gezeichnet). V. [illegible].
- 23. *Euborlasia elisabethae.* Stück eines Querschnittes durch den Hautmuskelschlauch. V. [illegible].
- 24. *Drepanophorus crassus.* Wie vorher. V. [illegible].
- 25. *Amphiporus marmoratus.* Stück eines Längsschnittes durch die Körperwand aus der Magengegend. V. [illegible].
- 26. *Cerebratulus marginatus.* Querschnitt durch ein Excretionsgefäss. V. [illegible].
- 27. *Carinella superba.* Stück eines Querschnittes durch Hautmuskelschlauch und Grundschicht. V. [illegible].
- 28. - - Querschnitt durch eine Längsmuskelfaser. V. [illegible].
- 29. - *polymorpha.* Querschnitt durch das Excretionsgefäss und Seitengefäss. V. [illegible].
- 30. *Cerebratulus marginatus.* Längsmuskelschicht auf einem Längsschnitt. V. [illegible].
- 31. *Carinella polymorpha.* 31a Stück eines Querschnittes durch die Wand des Seitengefässes, 31b wie vorher durch die Wand des Excretionsgefässes. V. [illegible].
- 32. *Cerebratulus marginatus.* Querschnitt durch die Wand des Rhynchodäums und der Kopfgefässe. V. [illegible].
- 33. *Carinella polymorpha.* Stück eines Querschnittes aus der Nephridialregion (Körperwand nicht gezeichnet). V. [illegible].
- 34. *Amphiporus marmoratus.* Schnitt durch eine Reservestilettasche. V. [illegible].
- 35. *Carinella superba.* Querschnitt durch das Seitengefäss und Excretionsgefäss. V. [illegible].
- 36. *Cerebratulus marginatus.* 36a Stück eines Längsschnittes durch die Wand des Seitengefässes, 36b Querschnitt durch das Seitengefäss. V. [illegible].
- 37. *Drepanophorus latus.* Hälfte eines Querschnittes durch das Rhynchocölom. V. [illegible].
- 38. *Amphiporus marmoratus.* Querschnitt durch die zwiebelförmige Blase (Bulbus). V. [illegible].
- 39. *Malacobdella grossa.* Das Parenchym auf einem Querschnitt durch den Körper. V. [illegible].
- 40. *Drepanophorus albolineatus.* Stück eines Querschnittes durch die Wand des Rhynchocöloms. V. [illegible].
- 41. *Eupolia pellucida.* Aus der bindegewebigen Schicht der Cutis nach einem Querschnitt. V. [illegible].
- 42. *Cerebratulus marginatus.* Stück eines Querschnittes. Es zeigt links Stränge der Rhynchocölomringmuskelschicht und rechts Parenchym mit geschwänzten Kernen. V. [illegible].

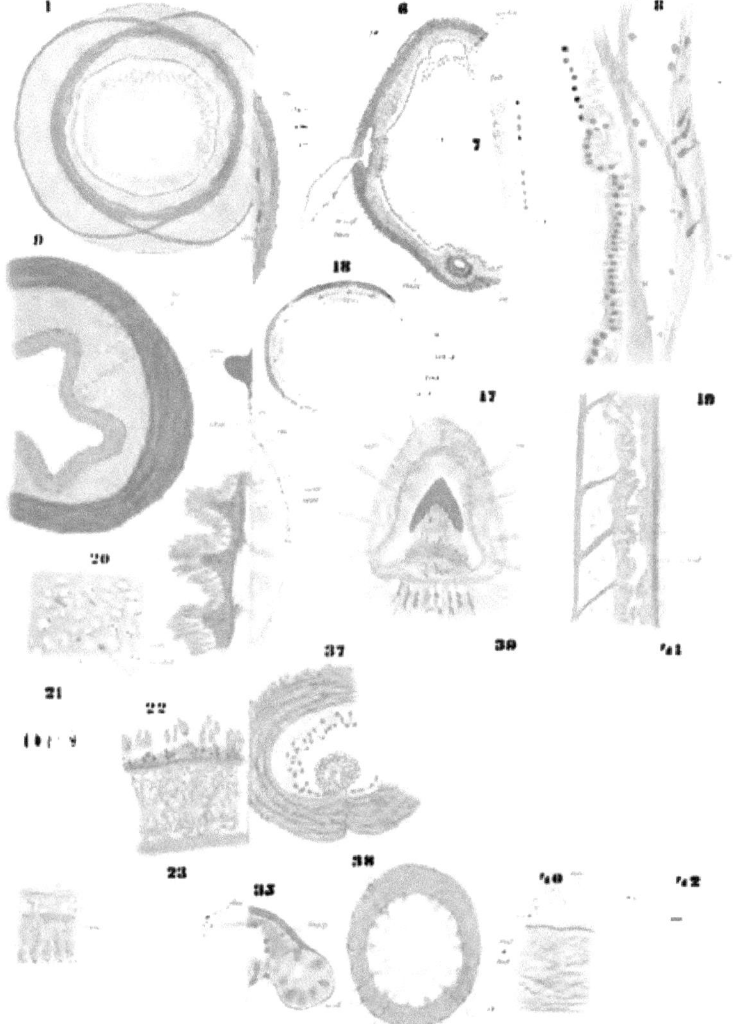
1
6
8
7
9
18
17
19
20
37
39
41
21
22
23
33
38
40
42

Tafel 24.

bgh Bindegewebshülle.
bgha äusseres Hüllbindegewebe
bghak Kerne desselben.
bghi inneres Hüllbindegewebe
bghik Kerne desselben.
bls Bläschen.
cstr Centralstrang.
dc dorsale Gehirncommissur.
dg dorsales Ganglion.
ep Epithel der Haut.
gz1 Ganglienzelltypus I.
gz1a etwas modificirter I. Ganglienzelltypus, welcher sich an den Kopfspalten ausbreitet.
gz2 Ganglienzelltypus II.
gz3 Ganglienzelltypus III.
k Kern.
kk Kernkörperchen.
ksp Kopfspalte.
msf Muskelfaser.
n Nerv.
nc Neurochord.
ncz Neurochordzelle.
nea äusseres Neurilemma.
nei inneres Neurilemma.
neiw Wucherungen des inneren Neurilemms.
oes Oesophagus.
rbgstr radiale Bindegewebsstränge der Körperwand.
rc Rhynchocölom.
rd Rhynchodäum.
rgf Rückengefäss.
rm Ringmuskelschicht des Hautmuskelschlauchs.
sgf Seitengefäss.
slgf Schlundgefäss.
sn Schlundnerv.
snc' Commissur der Schlundnerven mit dem Gehirn.
vc ventrale Gehirncommissur.
vg ventrales Ganglion.

Fig. 1. *Cerebratulus marginatus.* Querschnitt durch das Gehirn, aus der mittleren Region. V. [illegible].
" 2. Wie vorher, aber aus der vorderen Region, dicht hinter den Commissuren. V. [illegible].
" 3. *Langia formosa.* Querschnitt durch das Gehirn aus der Gegend der Neurochordzellen (hintere Gehirnregion). V. [illegible].
" 4. *Cerebratulus marginatus.* Wie vorher. V. [illegible].
" 5. " " Partie aus dem ventralen Ganglion in der Gegend der Neurochordzellen; Querschnitt. V. [illegible].
" 6. *Carinella polymorpha.* Seitenstamm; Querschnitt aus der Vorderdarmregion. V. [illegible].
" 7. *Drepanophorus spectabilis.* Seitenstamm; Querschnitt aus der Mitteldarmgegend. V. [illegible].
" 8. *Cerebratulus marginatus.* Ganglienzellen aus dem Gehirn, Typus I. V. [illegible].
" 9. *Carinella polymorpha.* Querschnitt durch eine Gehirnhälfte; vordere Region. V. [illegible].
" 10. *Cerebratulus marginatus.* Ganglienzellen aus dem Gehirn, Typus II. V. [illegible].
" 11. *Langia formosa.* Querschnitt durch das ventrale Ganglion hinter den Neurochordzellen. V. [illegible].
" 12. " " Seitenstamm; Querschnitt aus der Mitteldarmgegend. V. [illegible].
" 13. *Cerebratulus marginatus.* Kern einer Gehirnganglienzelle vom Typus III. V. [illegible].
" 14. Wie vorher. Querschnitt durch den Seitenstamm aus der Gegend der Excretionsgefässe. V. [illegible].
" 15. Wie vorher, etwas hinter der Nephridialregion. V. [illegible].
" 16. *Langia formosa.* Querschnitt durch den Seitenstamm. V. [illegible].
" 17. *Drepanophorus crassus.* Längsschnitt durch die Centralsubstanz des Seitenstammes. V. [illegible].
" 18. *Cerebratulus marginatus.* Querschnitt durch den Neurochord einer der beiden im Gehirn gelegenen Neurochordzellen im vordersten Ende des Seitenstammes. V. [illegible].
" 19. *Carinella superba.* Querschnitt durch eine Gehirnhälfte aus der hinteren Gehirnregion, die Körperhaut ist mitgezeichnet. V. [illegible].
" 20. Wie vorher. Der Schnitt liegt noch etwas weiter nach hinten. V. [illegible].
" 21. *Cerebratulus marginatus.* Gehirnganglienzellen, Typus III. V. [illegible].
" 22. *Carinella superba* (vgl. Fig. 19, 20). Querschnitt durch das Gehirn aus der Gegend der Cerebralorgane. V. [illegible].
" 23. *Langia formosa.* Gehirnganglienzelle, Typus III, im Längsschnitt. V. [illegible].
" 24. Wie vorher. Neurochordzelle. V. [illegible].
" 25. *Cerebratulus marginatus.* Gehirnganglienzelle, Typus III. V. [illegible].
" 26. *Langia formosa.* Gehirnganglienzelle, Typus III. V. [illegible].
" 27. *Prosadenoporus janthinus.* Querschnitt durch das Gehirn in der Gegend der ventralen Commissur. V. [illegible].
" 28. *Cerebratulus nobilis.* Querschnitt durch ein ventrales Ganglion aus der Gegend der Neurochordzelle. V. [illegible].
" 29. *Cerebratulus marginatus.* Gehirnganglienzelle, Typus III, im Querschnitt. V. [illegible].
" 30. Wie vorher. Stück eines Querschnittes durch die Centralsubstanz des Seitenstammes. V. [illegible].
" 31. Wie vorher. Ganzer Querschnitt. V. [illegible].
" 32. *Drepanophorus albolineatus.* Querschnitt durch das Gehirn aus seiner mittleren Region. V. [illegible].
" 33. *Cerebratulus marginatus.* Kern aus der Gehirnkapsel (= äusserem Neurilemma). V. [illegible].
" 34. Wie vorher. Gehirnganglienzellen vom Typus III. V. [illegible].
" 35a, b. *Drepanophorus spectabilis.* a) kleine Ganglienzellen, b) stark lichtbrechendes Körperchen aus dem Gehirn. V. [illegible].
" 35c. *D. latus.* Kleine Ganglienzelle aus dem Gehirn. V. [illegible].
" 36. *Prosadenoporus badiovagatus.* Kleine Gehirnganglienzellen. V. [illegible].
" 37. *Drepanophorus crassus.* Gehirnganglienzelle vom Typus III. V. [illegible].
" 38. *Cerebratulus marginatus.* Fortsatz einer Gehirnneurochordzelle im Schnitt theils schräg quer, theils längs getroffen. V. [illegible].
" 39. *Drepanophorus crassus.* Schnitt durch die Mitte der ventralen Gehirncommissur. V. [illegible].
" 40. *Cerebratulus marginatus.* Längsschnitt durch den Seitenstamm aus der Vorderdarmgegend. V. [illegible].
" 41. *Drepanophorus latus.* Querschnitt durch eine Gehirnhälfte in der Gegend der dorsalen Gehirncommissur. V. [illegible].
" 42. *Cerebratulus marginatus.* Längsschnitt durch das Gehirn in der Höhe der ventralen Gehirncommissur (nach 3 Schnitten combinirtes Bild). V. [illegible].
" 43. *Drepanophorus latus.* Querschnitt durch eine Gehirnhälfte aus der mittleren Gehirngegend. V. [illegible].
" 44. *Prosadenoporus badiovagatus.* Längsschnitt durch eine Gehirnhälfte in der Höhe der Neurochordzelle. V. [illegible].
" 45. *Cerebratulus marginatus.* Längsschnitt durch eine Neurochordzelle aus dem Gehirn. V. [illegible].
" 46. *Prosadenoporus badiovagatus.* Neurochordzelle. V. [illegible].
" 47. *P. arenarius.* Querschnitt vom Seitenstamm. V. [illegible].
" 48. *Amphiporus marmoratus.* Querschnitt durch das Gehirn. V. [illegible].
" 49. *Cerebratulus marginatus.* Gehirnganglienzelle vom Typus III; der Fortsatz ist längs angeschnitten. V. [illegible].
" 50. Wie vorher. Kern aus dem äusseren Neurilemma des Gehirns. V. [illegible].
" 51. *Drepanophorus spectabilis.* Längsschnitt durch das Gehirn in der Höhe der ventralen Gehirncommissur. V. [illegible].
" 52. *Tetrastemma pellatum.* Querschnitt durch eine Gehirnhälfte. V. [illegible].
" 53. *Eunemertes gracilis.* Wie vorher. V. [illegible].
" 54. *Cerebratulus marginatus.* Kern aus dem äusseren Hüllgewebe des Gehirns. V. [illegible].

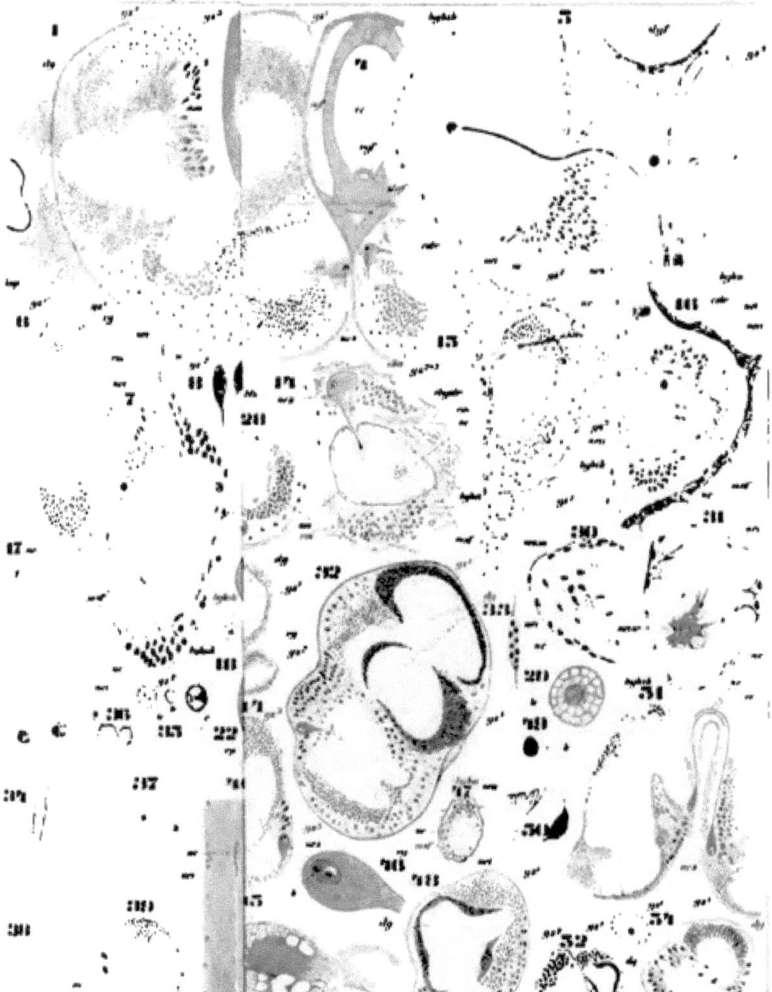

Tafel 25.

Alle Figuren sind nach lebendig mit Methylenblau injicirten Thieren oder frischen injicirten Rüsseln gezeichnet und betreffen das Nervensystem.

Die Figuren sind im Allgemeinen bei Zeiss Objectiv A und B mit Ocular 2 und 3 gezeichnet (Vergr. ...), nur bei Wiedergabe einzelner Zellen (Fig. 14, 15, 16) wurde Objectiv F angewandt (Vergr. ...).

bgk	Bindegewebskern.	*hr*	hinterer Nervenring.	*nf*	Nervenfibrille.	*röf*	Rüsselöffnung.
cstr	Centralstrang.	*k*	Kern.	*pa*	Papille.	*sgf*	Seitengefäss.
cerg	Cerebralorgan.	*k'*	Kern der Papillenzelle.	*r*	Rüssel.	*sln*	Schlundnerv.
dc	dorsale Gehirncommissur.	*k''*	Kern der Nervenzelle.	*rc*	Rhynchocölom.	*sorg*	Seitenorgan.
dg	dorsales Ganglion.	*lb*	Längsbahnen von Nervenfasern.	*rcd*	Rhynchodäum.	*spd*	Spindel.
excgf	Excretionsgefäss.			*rcg*	Rhynchocölomgefäss.	*spn*	Spinalnerv.
exp	Excretionsporus.	*lm*	Längsmuskelschicht.	*rfc*	ringförmige Commissur der Rüsselnervenzweige in der Wand der zwiebelförmigen Blase.	*sst*	Seitenstamm.
fr	Zweig der Rüsselnerven in der Wand des Bulbus.	*m*	Mund.			*vd*	Vorderdarm.
		mdd	Diagonalmuskelfasern.			*vg*	ventrales Ganglion.
gp	Genitalporus.	*md*	Mitteldarm.			*wab*	Wabe.
gs	Geschlechtssack.	*n*	Nerv.	*rm*	Ringmuskelschicht.	*z*	Verdickungen der Stammfortsätze.
gz	Ganglienzelle.	*nc*	Neurochord.	*rn*	Rüsselnerv.		
gz²	Ganglienzelltypus II.	*ncz*	Neurochordzelle.	*rno*	oberer Rückennerv.		
gz³	Ganglienzelltypus III.	*nebf*	Nebenfortsatz.	*rnu*	unterer Rückennerv.		

Fig. 1. *Amphiporus marmoratus.* Die Nervatur der zwiebelförmigen Blase ist stärker vergrössert zur Anschauung gebracht, indem 2 Rüsselnerven (*rn*), ein Stück des hinteren Nervenringes (*hr*), die von jenem von den Rüsselnerven abgehenden Faserzüge (*fr*) und deren Ring (*rfc*) gezeichnet sind. Sowohl von den Faserzügen als auch dem Ringfaserzuge zweigen sich Fibrillen ab, die sich zwischen Muskelzellen drängen (*fr*), ihnen kommen solche von hinten entgegen (*fr*) (vgl. Taf. 28 Fig. 34).

- 2. *Cerebratulus marginatus.* Das Stück eines Seitenstammes ist leicht gepresst. Der Ganglienzellbelag ist in ein Hüllgewebe (hier grau wiedergegeben) gebettet. Es ist von Natur gelblichroth und hat sich nicht gebläut. Der Strang der Neurochorde (*nc*) ist hellblau, der der Nervenfibrillen (*cstr*) dunkelblau und gekörnt. Von ihm gehen die Zweignerven der Seitenstämme (Spinalnerven) ab, breiten sich an der Ringmusculatur des Hautmuskelschlauches aus und kreuzen sich, indem sie theils schräg rückwärts, theils schräg vorwärts verlaufen.
- 3. *Amphiporus marmoratus.* Vorderer Rüsselcylinder dicht vor dem Stiletapparat. Ein Rüsselnerv, dessen centraler Fibrillenzug (*cstr*) dunkler gefärbt ist, sendet Faserzüge durch die Längs- (*lm*) an die Ringmusculatur (*rm*). Unter letzterer schliessen sie sich zu einer Längsbahn (*lb*) zusammen. Zwischen den Ringmuskelfibrillen liegt eine kleinspindelige Verdickung (*spd*), von der jederseits einige Fasern ausstrahlen. Der Rüssel ist etwas gedrückt, und so ist die Längsbahn, welche, von oben gesehen, genau den Rüsselnerv decken müsste, seitlich versetzt. Der Rüssel ist umgestülpt gesehen, die innervirte Musculatur liegt unmittelbar unter der Papillenschicht.
- 4. *A. marmoratus.* Hinterer Rüsselcylinder. Es sind 5 Rüsselnerven abgebildet. Zwischen ihnen ist ein auffallendes Flechtwerk fast wie die Nerven selbst gefärbt. Besonders machen sich drei Querstämme bemerklich, deren oberer vom ersten Rüsselnerv rechts, deren mittlerer vom ersten Rüsselnerv links entspringt. Der untere geht von keinem der hier gezeichneten Rüsselnerven ab. In allen Richtungen ziehen von diesen und anderen Stämmen, ebenso von dem Rüsselnerv hinweg und zu ihnen hin breitere und schmale blaue Brücken. Sie tragen die Ganglienzellen und ihre Fortsätze.
- 5. *Cerebratulus marginatus.* 2 Ganglienzellen nebst ihren Fortsätzen aus dem Seitenstamm.
- 6. *Drepanophorus crassus.* Vorderer Rüsselcylinder. Fünf Rüsselnerven wurden dargestellt. Jeder zeigt den Centralstrang. Die paarigen Zellen liegen minder dicht als im Rüssel von *Amphiporus marmoratus.*
- 7. Eine Partie aus der vorigen Figur stärker vergrössert. In den Hüllen treten die paarigen Zellen gut hervor bis auf die mittlere rechts. Die Zellen decken sich theilweise oder liegen gekreuzt. Ihre Fortsätze zeigen die charakteristischen Knötchen.
- 8. *Amphiporus marmoratus.* Ein Abschnitt eines Rüsselnerven aus dem vorderen Rüsselcylinder mit paarigen Zellen und links und rechts einer einzelnen unipolaren Ganglienzelle.
- 9. *Drepanophorus igneus.* Zeigt die Innervirung von 2 Papillen.
- 10. *Carinella annulata.* Oberer Rückennerv. Die seitwärts ziehenden Fasern treten zum Theil aus dem Rückennerv heraus, ein Theil, von den Seitenstämmen herkommend, in ihn hinein.
- 11. *Amphiporus marmoratus.* Einige Papillen vom vorderen Rüsselcylinder.
- 12. *Carinella annulata.* Oberer und unterer Rückennerv. Beide zeigen mit einander mehrfache Verknüpfungen.
- 13. *Drepanophorus igneus.* Vorderer Rüsselcylinder. Bei der sehr schwachen Vergrösserung treten die paarigen Zellen nur als minimale Anschwellungen hervor. Eine zweizeilige Anordnung derselben zwischen einem Nervenpaar ist unverkennbar. Die paarigen Zellen liegen weit zahlreicher zwischen den Nerven als bei *D. crassus.*
- 14. *Cerebratulus marginatus.* Grosse Ganglienzelle aus dem Nervenplexus des vorderen Rüsselcylinders. Im Verblassen gez.
- 15. *Amphiporus marmoratus.* Ganglienzelle aus dem Nervenplexus des hinteren Rüsselcylinders.
- 16. Paarige Ganglienzellen von ebendaher.
- 17. *Amphiporus marmoratus.* Vorderer Rüsselcylinder. Es sind drei Rüsselnerven dargestellt. In jedem fällt der stärker tingirte Centralstrang auf. Zwischen den Nerven sind wie die Sprossen einer Strickleiter die paarigen Ganglienzellen ausgespannt. In die Ganglienzellen sind die Kerne nicht eingezeichnet. Das Hüllgewebe der paarigen Ganglienzellen und ihrer Fortsätze ist nur in der oberen rechten Ecke eingezeichnet.
- 18. *Cerebratulus marginatus.* Rüssel, vordere Hälfte. Es sind der eine Rüsselnerv und zahlreiche Längsanastomosen eingezeichnet.
- 19. *Amphiporus marmoratus.* Bezieht sich auf Fig. 3. System der vom Centralstrang des Rüsselnerven abgehenden Faserzüge innerhalb der inneren Muskelschichten (Längs- und Ringschicht). Es sind ausser der schon in Fig. 3 gezeichneten Längsbahn links und rechts von ihr je zwei Längsbahnen eingezeichnet, die von jener, der mittleren, stärkeren, ihren Ursprung nehmen und aus denen die wenigen Fasern heraustreten, die zwischen die Ringmuskeln dringen und die Spindel bilden. Über die Bedeutung der Buchstaben *a*—*e* vgl. den Text.
- 20. Vorderes Körperende einer *Carinella* (halb schematisch).
- 21. *Cerebratulus marginatus.* Seitenstamm. Es sind zahlreiche Fibrillen meist bis zu den zugehörigen Ganglienzellen zu verfolgen. Die abgehenden Fibrillen sind nicht gefärbt, besonders stark dagegen die Neurochorde, zu denen der Fortsatz einer Zelle (*ncz*) hinzutritt. Derselbe ist auch noch, nachdem er sich bereits jenem zugesellt hat, vermöge seiner dunkleren Färbung eine längere Strecke gut zu erkennen. Scharf tritt in *z* die Art der Verschmelzung des Ganglienzellfortsatzes mit der eigentlichen Nervenfibrille hervor.
- 22. *Eupolia delineata.* Nervenplexus aus dem vorderen Rüsselcylinder.
- 23. *Amphiporus marmoratus.* Paarige Zellen aus dem vorderen Rüsselcylinder.
- 24. *Eupolia delineata.* Ein Stück des Rüsselnerven.
- 25. *Carinella annulata.* Stück des oberen Rückennerven und rechten Seitenstammes; beide sind durch zahlreiche Commissuren mit einander verknüpft.
- 26. *Eupolia delineata.* Rüsselpapillen von oben gesehen. In jeder ist eine Zelle gefärbt, an diese legt sich eine Nervenzelle an.
- 27. - Einzelne Zelle aus einer Rüsselpapille.
- 28. - Rüssel. 4 Diagonalmuskelfasern, von denen sich je 2 kreuzen. Am Kreuzungspunkte befindet sich eine (nervöse?) Zelle. Rechts verläuft eine Längsmuskelfibrille.
- 29. *Cerebratulus marginatus* (vgl. Fig. 2). Ein Abschnitt des Seitenstammes stärker vergrössert dargestellt. Die Ganglienzelle *A* gehört zur Nervenfibrille *a*, die unter einem stumpfen Winkel aus dem Seitenstamm heraus- und in die Musculatur hineintritt. Ebenso gehört die abgehende Nervenfibrille *b* zur Ganglienzelle *B*. Es befindet sich auch eine Neurochordzelle (*ncz*) im Ganglienzellbelag, deren Fortsatz sich dem Strang des Neurochords (*nc*) anlegt.
- 30. *Amphiporus marmoratus* (vgl. Fig. 4). Aus dem Nervenplexus des hinteren Rüsselcylinders ist nur ein Rüsselnerv dargestellt. Die meisten Ganglienzellen liegen einzeln. Es sind drei paarige Zellen, einige einzelne sehr grosse und viele der kleinen, für den hinteren Rüsselcylinder charakteristischen Ganglienzellen zu sehen.
- 31. *Eupolia delineata.* Einzelne Zelle aus dem hinteren Rüsselcylinder.

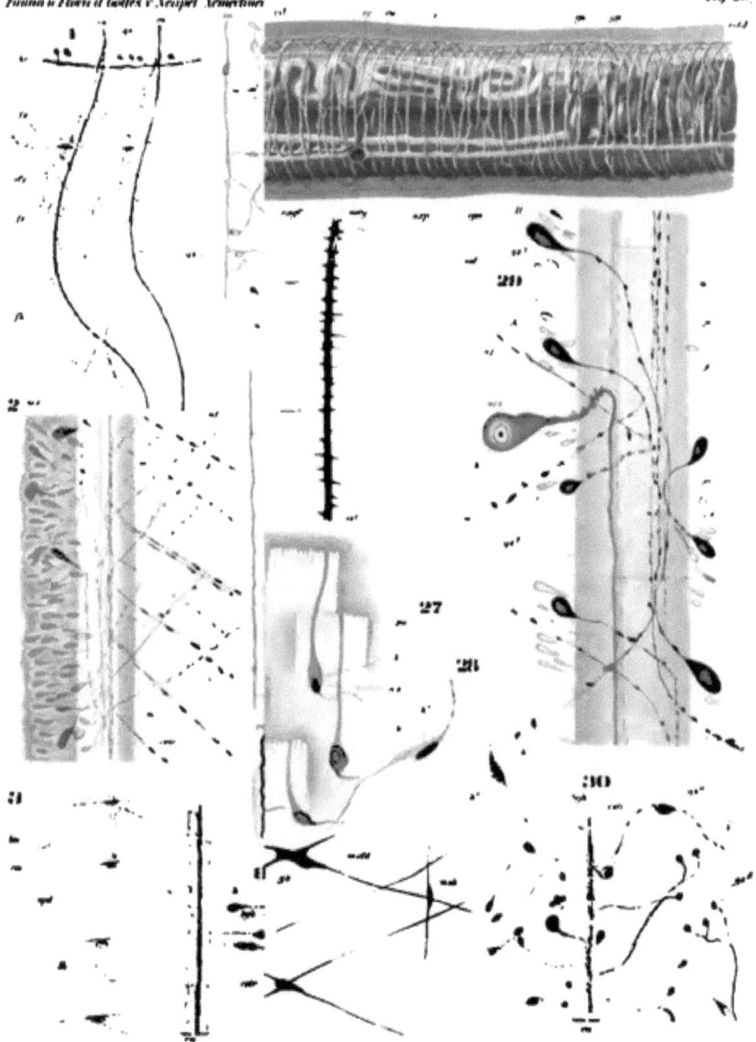

29
27
28
30

Tafel 26.

bgk Bindegewebskern.
bm Basalmembran.
c Cerebralcanal.
cap Kapsel.
ch hinterer Abschnitt des Cerebralcanals.
ci Cilien.
cikn Knöpfchen der Cilien.
cimz Cilien d. medialen Zellen.
cist Stäbchen der Cilien.
corg Cerebralorgan.
corgdr Drüsenzellen des Cerebralorgans.
cstl Centralsubstanz des Seitenstammes.
cu Cutis.
cudr Cutisdrüsenzellen.
cv hinterer Abschnitt des Cerebralorgans.
dg dorsales Ganglion.
dm Diagonalmuskelschicht.
dr Drüsenzellen.
drmh Einmündung des hinteren Drüsenzellcomplexes.
drmv Einmündung des vorderen Drüsenzellcomplexes.
drh hinterer Drüsenzellcomplex.
drv vorderer Drüsenzellcomplex.
drz Drüsenzellen.
ep Epithel.
epksp Epithel der Kopfspalte.
exgf Excretionsgefäss.
exp Porus des Excretionsgefässes.
gsch Grundschicht.
gz Ganglienzelle.
gz^1 Ganglienzelltypus I.
$gz^{1'}$ Varietät von Ganglienzelltypus I.
gzk Kerne v. Ganglienzellen.
gzk' besonders stark tingirbare Kerne von Ganglienzellen des Cerebralorgans.
k Kern.
k' Kerne von Ganglienzellen im Auge.
k'' Kern im Auge.
k''' Kern von Stäbchenzellen im Auge.
kdrs Kopfdrüse.
kgf Kopfgefäss.
kgr Kopfgrube.
kn Kopfnerv.
kpf Kopffurche.
kpfgr Grübchen der Kopffurche.
kr Körner.
krg Kragen.
lgz laterale Grenzzelle vom Epithel d. Cerebralcanals.
lm Längsmuskelschicht.
m Mund.
mlz die mittleren der lateralen Zellen vom Epithel des Cerebralcanals.
mnsc äussere Muskelnervenschicht.
mfbd Muskelfaserbündel.
mf Muskelfasern.
mz Zellen des medialen Epithels vom Cerebralcanal.
n Nerv.
nf Nervenfaser.
odg oberer Zipfel des dorsalen Ganglions.
pdr Packetdrüsenzellen.
pi Pigment.
pik im Pigment gelegene Kerne.
pl stark tingirte Platte der Zellköpfe vom Epithel des Cerebralcanals.
rc Rhynchocölom.
rd Rhynchodäum.
rm Ringmuskelschicht.
rn Rückennerv.
s Sack.
sgf Seitengefäss.
slgf Schlundgefäss.
slnc Schlundnervencommissur.
st Seitenstamm.
stbz Stäbchenzelle.
udg unterer Zipfel des dorsalen Ganglions.
vc ventrale Gehirncommissur.
vg ventrales Ganglion.
wdc Wurzel der dorsalen Gehirncommissur.
zpf Zapfen (Schnabel) der lateralen Zellen v. Epithel des Cerebralcanals.

Fig. 1, 2. *Carinella superba.* Querschnitt durch das Seitenorgan. Fig. 2 vollständiger Querschnitt, V. [illegible]; Fig. 1 ein Stück desselben stärker vergrössert, V. [illegible].
„ 3. *C. polymorpha.* Querschnitt durch das Seitenorgan. V. [illegible].
„ 4. *Cerebratulus marginatus.* Querschnitt aus der vordersten Region des Cerebralorgans. V. [illegible].
„ 5. *Cerebratulus* sp. (aus der Collection von Chierchia). Querschnitt durch das Cerebralorgan. V. [illegible].
„ 6. *C. joubini.* Querschnitt aus der hinteren Region des Cerebralorgans. V. [illegible].
„ 7, 8. *Eupolia delineata.* Querschnitt durch das Cerebralorgan. Fig. 7 aus der vorderen, Fig. 8 aus der hinteren Region. V. [illegible].
„ 9. *Cerebratulus* sp. (aus der Coll. Chierchia). Querschnitt; laterales Epithel aus dem hinteren Abschnitt des Cerebralcanals. V. [illegible].
„ 10. *C. tigrinus.* Wie vorher. V. [illegible].
„ 11. *C. ligurinus.* Wie vorher. V. [illegible].
„ 12. *Drepanophorus spectabilis.* Epithel der Kopffurche. V. [illegible].
„ 13. *Euborlasia elisabethae.* Laterales Epithel aus dem hinteren Abschnitt des Cerebralcanals im Querschnitt. V. [illegible].
„ 14. *Amphiporus marmoratus.* Kopffurche am Bauch im paramedianen Längsschnitt. V. [illegible].
„ 15. *Euborlasia elisabethae.* Querschnitt, laterales Epithel aus dem hinteren Abschnitt des Cerebralcanals. V. [illegible].
„ 16. *Cerebratulus tigrinus.* Kopf einer lateralen Grenzzelle aus dem Cerebralcanal. V. [illegible].
„ 17. *Lineus psittacinus.* Epithel des hinteren Abschnitts vom Cerebralcanal im Querschnitt. V. [illegible].
„ 18. *Cerebratulus pallens.* Wie vorher. V. [illegible].
„ 19. *Carinina grata.* Querschnitt durch das Cerebralorgan und Gehirn. V. [illegible].
„ 20. *Carinella superba.* Wie vorher. V. [illegible].
„ 21. *Eupolia delineata.* Epithel des hinteren Abschnitts vom Cerebralcanal im Querschnitt. V. [illegible].
„ 22, 23. *Drepanophorus latus.* Querschnitt durch das Cerebralorgan; Fig. 22 aus der vorderen, Fig. 23 aus der mittleren Region. V. [illegible].
„ 24, 25. *D. crassus.* Wie vorher. Fig. 24 aus der mittleren, Fig. 25 aus der hinteren Region. V. [illegible].
„ 26. *D. cerinus.* Epithel aus dem hinteren Abschnitt des Cerebralcanals (Drüsenschlauches). V. [illegible].
„ 27. *Eupolia delineata.* Epithel vom hinteren Abschnitte des Cerebralcanals im Querschnitt. V. [illegible].
„ 28—32. *D. cerinus.* Fig. 28—30 Querschnitte durch das Cerebralorgan. V. [illegible]. Fig. 28 aus der vorderen, Fig. 29 aus der mittleren, Fig. 30 aus der hinteren Region. Fig. 31 Hälfte eines Querschnitts durch das Kopfende in der Gegend des hinteren Abschnittes des Cerebralcanals (Drüsenzellschlauches). V. [illegible]. Fig. 32 dorsales Ganglion und Cerebralorgane im horizontalen Längsschnitt. V. [illegible].
„ 33. *D. spectabilis.* Querschnitt durch die vordere Region des Cerebralorgans. V. [illegible].
„ 34—38. *A. virgatus.* Querschnitte durch Gehirn und Cerebralorgan. Fig. 34 vorderster, Fig. 38 hinterster Schnitt. V. [illegible].
„ 39—41. *Eunemertes gracilis.* Querschnitte durch das Cerebralorgan. Fig. 39 aus der vordersten, Fig. 40 aus der mittleren, Fig. 41 aus der hinteren Region. V. [illegible].
„ 42, 42a. *Lineus* [illegible]. Fig. 42 Querschnitt durch die Kopfspalten, V. [illegible], Fig. 42a Epithelzellen derselben. V. [illegible].
„ 43. *D. crassus.* Kopffurche am Abgang des Cerebralcanals, nach einem horizontalen Längsschnitt. V. [illegible].
„ 44—46. *Amphiporus carinelloides.* Querschnitt durch das Cerebralorgan. Fig. 44 aus seiner vordersten, Fig. 45 aus seiner mittleren, Fig. 46 aus seiner hinteren Region. V. [illegible].
„ 47—50. *Tetrastemma cruciatum.* Fig. 47—49 Querschnitte durch das Cerebralorgan, Fig. 50 Querschnitt durch eine Gehirnhälfte und das Cerebralorgan. V. [illegible].
„ 51. *T. vittatum.* Querschnitt durch den Cerebralcanal am Eingang in das Cerebralorgan. V. [illegible].
„ 52, 53. *Oerstedia dorsalis.* Querschnitte. Fig. 52 durch den Seitenstamm, Fig. 53 durch das Gehirn in seinem hinteren Abschnitt. V. [illegible].
„ 54. *Cerebratulus marginatus.* Mittlere Kopfgrube (Frontalorgan) im horizontalen Längsschnitt. V. [illegible].
„ 55. *Prosadenoporus janthinus.* Kopfgrube (Frontalorgan) im Medianschnitt. V. [illegible].
„ 56. *Cerebratulus marginatus.* Oberer Rückennerv und äussere Muskelnervenschicht im horizontalen Längsschnitt. V. [illegible].
„ 57—59. *Carinella banyulensis.* Querschnitt aus der Gehirnregion. V. [illegible].
„ 60—63. *Drepanophorus spectabilis.* Fig. 60 einzelnes Schelement aus dem Auge, V. [illegible]; Fig. 61 Längsschnitt durch ein Auge, V. [illegible]; Fig. 62 Schnitt durch die Kopffurche nach einem Querschnitt durch die Kopfspitze, V. [illegible]; Fig. 63 ein Kopfgrübchen, V. [illegible].
„ 64. *Cerebratulus marginatus.* Querschnitt durch die Kopfspalte. V. [illegible].
„ 65. *Drepanophorus crassus.* Längsschnitt durch einen Augennerv. V. [illegible].
„ 66. *Cerebratulus marginatus.* Hälfte eines frontalen Längsschnittes durch die Kopfspitze. V. [illegible].

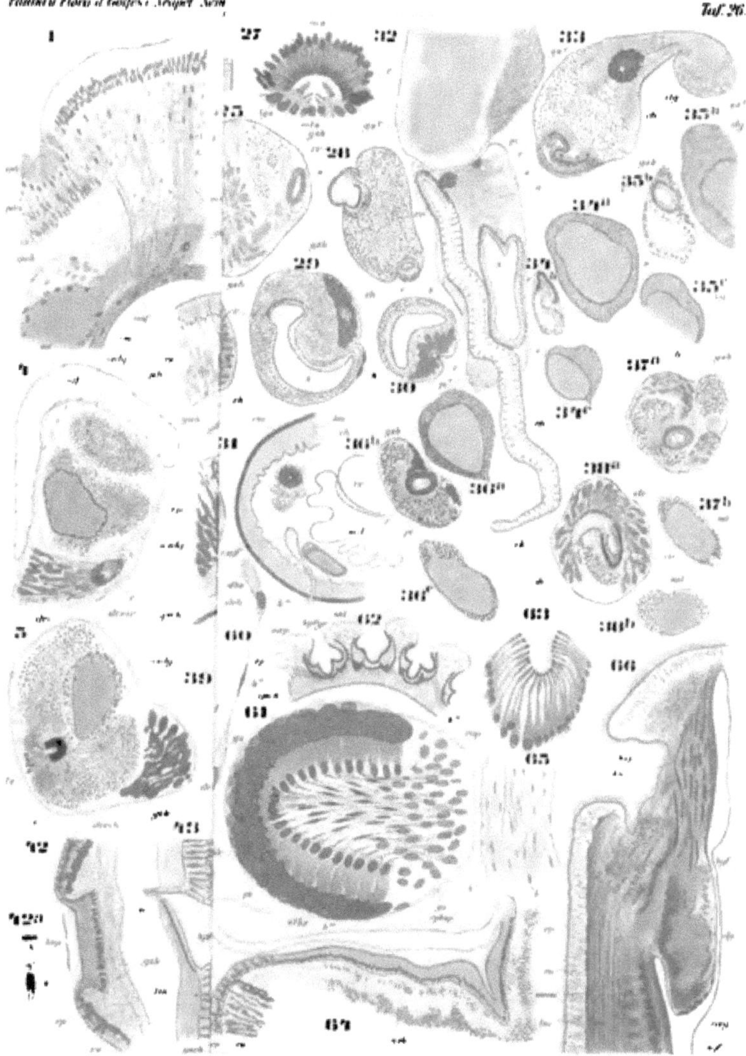

Tafel 27.

af After.
asl Angriffsstilet.
au Auge.
bld Blinddarm.
bldt Tasche des Blinddarms.
ci Wimpern.
corg Cerebralorgan.
cr Concremente.
cu Cutis.
dbdrz Becherdrüsenzellen des Darmes.
dc dorsale Gehirncommissur.
depk Kerne des Darmepithels.
depz Darmepithelfadenzelle.
depz[1] } Fadenwimperzellen d. Darmepithels
depz[2] } in verschiedenen Zuständen (Fig. 36).
dkdrz Körnchendrüsenzellen des Darmepithels.
dlm Längsmusculatur des Darmes.
drm Ringmuskelschicht des Darmes.
drz Drüsenzellen.
drz[1] } verschiedene Drüsenzellen des
drz[2] } Hautepithels (Fig. 45).
dvm dorsoventrale Musculatur.
ei Ei.
eik junge Eizellen (Eikeime).
embr Embryo.
ep Epithel.
epfz Epithelfadenzellen.
exd Ausführgang d. Excretionsgefässes.
exgf Excretionsgefäss.
fl Eifollikel.
fro Frontalorgan.
gfac Analcommissur der Blutgefässe.
gfc Blutgefässcommissur.
gfepk Epithelkerne des Blutgefässes.
gp Geschlechtsporus.
gs Geschlechtssack.
gsch Grundschicht.
gsep Epithel des Geschlechtssackes.
gsg Ausführgang d. Geschlechtssackes.
h Eihaut.
k Kern.
kbl Keimbläschen.
kf Keimfleck.
kk Kügelchen und Körner.
kkb Körnerkölbchen.
ksf Kopfschlinge.
kzd dorsales Muskelkreuz.
kzv ventrales Muskelkreuz.
lm Längsmuskelschicht.
lma äussere Längsmuskelschicht.
lmi innere Längsmuskelschicht.
m Mund.
md Magen.
mep Mundepithel.
mh Mundhöhle.
mf Muskelfasern.
mtd Mitteldarm.
mtdep Mitteldarmepithel.
mtdt Tasche des Mitteldarms.
p Parenchym.
py Pylorusrohr.
pz Parenchymzelle.
r Rüssel.
rc Rhynchocölom.
rd Rhynchodäum.
rgf Rückengefäss.
rlm Längsmuskelschicht.
rm Ringmuskelschicht des Rüssels.
rmi innere Ringmuskelschicht.
rn Rüsselnerv.
rstt Reservestilettasche.
rtr Retractor.
sgf Seitengefäss.
slgf Schlundgefäss.
sln Schlundnerv.
spdr Speicheldrüse.
st Seitenstamm.
stac Analcommissur der Seitenstämme.
tp Tunica propria.
v Vacuolen.
vc ventrale Gehirncommissur.
vd Vorderdarm.
vg ventrales Ganglion.
wfl Wimperflamme.
z unentwickelte Eizellen.

Fig. 1. *Drepanophorus crassus.* Ein Excretionsgefäss, halb schematisch. V. ca. 50/1.
- 1a. *Eunemertes gracilis.* Abschnitt eines Excretionsgefässes. V. ca. [illegible].
- 2. *Cerebratulus marginatus.* Mundwand nach einem Querschnitt. V. [illegible].
- 3. *C. tigrinus.* Querschnitt durch den Mund. V. [illegible].
- 4. *Lineus geniculatus.* Querschnitt durch den Mundrand. V. [illegible].
- 5—29. Darmepithel auf Querschnitten. Fig. 5 *Carinella polymorpha*, Vorderdarm, hintere Region. V. [illegible]. Fig. 6 *C. superba*, Vorderdarm, vor den Nephridien. V. [illegible]. Fig. 7 *Cerebratulus marginatus*, Vorderdarm, hinterste Region. V. [illegible]. Fig. 8 *Cephalothrix bipunctata*, Vorderdarm. V. [illegible]. Fig. 9 *Lineus lacteus*, Vorderdarm. V. [illegible]. Fig. 10, 11 *Cerebratulus marginatus*, Vorderdarm (hinterer Abschnitt). V. [illegible]. Fig. 12 *Eunemertes gracilis*, Magen (mittlerer Abschnitt). V. [illegible]. Fig. 13, 14 *E. marioni*, Mitteldarm (vorderster Abschnitt). V. [illegible] und [illegible]. Fig. 15 *Nemertopsis peronea*, Magen. V. [illegible]. Fig. 16 *Drepanophorus spectabilis*, Pylorusrohr und Blinddarm. V. [illegible]. Fig. 17 *D. latus*, Magen. V. [illegible]. Fig. 18 *Eunemertes gracilis*, Pylorusrohr. V. [illegible]. Fig. 19 *Carinella superba*, Vorderdarm (hintere Nephridialregion). V. [illegible]. Fig. 20 *Eunemertes gracilis*, Magendarm (vorderster Abschnitt). V. [illegible]. Fig. 21—23 *Malacobdella grossa*, Fig. 21, 22 Mitteldarm, Fig. 23 eine Zotte des Atrium. V. [illegible]. Fig. 24 *C. polymorpha*, Mitteldarm. V. [illegible]. Fig. 25 *Lineus gesserensis*, Mitteldarm. V. [illegible]. Fig. 26 *Cerebratulus marginatus*, Mitteldarm. V. [illegible]. Fig. 27, 28 *Lineus geniculatus*, Mitteldarm (Schwanzende). V. [illegible]. Fig. 29 *L. coccineus*, Mitteldarm. V. [illegible].
- 30. *Tetrastemma diadema.* Mitteldarmtasche von oben gesehen, nach dem Leben. V. [illegible].
- 31. *T. vermiculus.* Kügelchen aus dem Mitteldarmepithel nach Färbung mit Bismarckbraun im Leben gezeichnet. V. [illegible].
- 32. *Drepanophorus crassus.* Kügelchen aus dem Mitteldarmepithel. V. [illegible].
- 33—40. Darmepithel auf Querschnitten. Fig. 33 *D. latus*, Mitteldarm. V. [illegible]. Fig. 34 *D. crassus*, Mitteldarm. V. [illegible]. Fig. 35 *Cerebratulus marginatus*, Enddarm. V. [illegible]. Fig. 36 *Drepanophorus crassus*, Mitteldarm. V. [illegible]. Fig. 37 *D. latus*, Mitteldarm. V. [illegible]. Fig. 38 *Carinella rubicunda*, Mitteldarm. V. [illegible]. Fig. 39 *Drepanophorus crassus*, Mitteldarm. V. [illegible]. Fig. 40 *Eunemertes marioni*, Mitteldarm. V. [illegible].
- 41. *E. antonina.* Seitengefäss, mit Methylenblau gefärbt und nach dem Leben gezeichnet. V. [illegible].
- 42. *Cerebratulus marginatus.* Querschnitt aus der Mitteldarmgegend. V. [illegible].
- 43. *Prosorhochmus korotneffi.* Querschnitt aus der Mitteldarmgegend. V. [illegible].
- 44. *Cerebratulus marginatus.* Stück eines horizontalen Längsschnittes aus der Mitteldarmregion. V. [illegible].
- 45. Hautepithel mit Methylenblau gefärbt und nach dem Leben gezeichnet. V. [illegible].
- 46. *Prosorhochmus korotneffi.* Querschnitt durch die Körperwand und einen Geschlechtssack. V. [illegible].
- 47. *Euborlasia elisabethae.* Drüsenzelle aus dem Epithel der Haut (durch Maceration isolirt). V. [illegible].
- 48. *Carinella polymorpha.* Querschnitt durch den Ausführgang eines Ovariums (nach einem Längsschnitt durch die Körperwand). V. [illegible].
- 49. *C. polymorpha.* Ein Ei. V. [illegible].
- 50. *Prosorhochmus korotneffi.* Querschnitt durch die Körperwand und einen Geschlechtssack. V. [illegible].
- 51. *Drepanophorus albolineatus.* Stück eines Querschnittes durch ein Ovarium. V. [illegible].
- 52. Wie vorher. Querschnitt aus der Mitteldarmregion. V. [illegible].
- 53. *Cerebratulus marginatus.* Geschlechtssack mit Eikeimen im horizontalen Längsschnitt. V. [illegible].
- 54. *Prosorhochmus korotneffi.* Querschnitt durch die Körperwand und einen Geschlechtssack. V. [illegible].
- 55. *Amphiporus virescens.* Gregarinencysten aus dem Leibesparenchym. V. [illegible].
- 56. *Cerebratulus marginatus.* Schnitt durch ein Ei mit Follikel. V. [illegible].
- 57. *Drepanophorus crassus.* Ei im Schnitt. V. [illegible].
- 58. *Tetrastemma kefersteini.* Querschnitt aus der Gegend des Blinddarms. V. [illegible].
- 59. *Carinella superba.* Querschnitt aus der Nephridialregion (schematisirt). V. [illegible].
- 60. *Cerebratulus marginatus.* Querschnitt aus der Nephridialregion (schematisirt). V. [illegible].
- 61. *Amphiporus lactifloreus.* Schema seiner gesammten Organisation. V. ca. [illegible].
- 62. *Tetrastemma melanocephalum.* Reifes Spermatozoon nach Lee. V. [illegible].

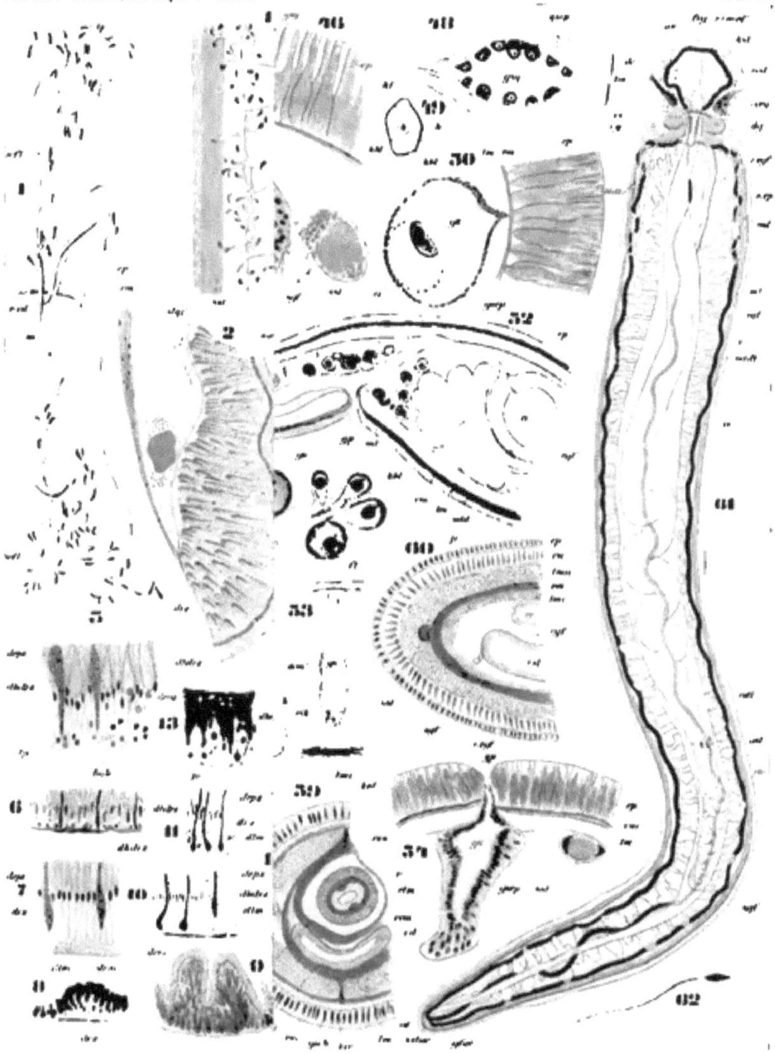

Tafel 28.

a After.
ast Angriffsstilet.
atr Atrium.
bas Basis des Angriffsstiletes.
bl zwiebelförmige Blase (Ballon).
bld Blinddarm.
blgf Blutgefäss.
blnr Nervenring, welcher den Ballon umgiebt.
c Cerebralcanal.
ch hinteres Ende des Cerebralcanals.
cir Cirrus.
corg Cerebralorgan.
cstr Centralstrang.
cv vorderes Ende des Cerebralcanals.
d dorsal (Fig. 23).
d Darm (Fig. 8 u. 38).
dej Ductus ejaculatorius.
dg dorsales Ganglion.
dm diagonale Muskelfasern.
drh hintere Drüsenpartie des Cerebralorgans.
drv vordere Drüsenpartie des Cerebralorgans.
drz, *drz*[1], *drz*[2] Drüsenzellen.
dt Darmtasche.
epfz Epithelfadenzelle.
exgf Excretionsgefäss.
exgfd Ausführgang des Excretionsgefässes.
gallp Gallertparenchym.
gh Gehirn.
gsch Grundschicht.
gz Ganglienzelle.
gzk Ganglienzellkerne.
h hinten (Fig. 16).
hdrei Einmündungsstelle der hinteren Drüsenzellpartie in den Cerebralcanal.
hrn hinterer Nervenring.
hrz hinterer Rüsselcylinder.
k Kern.
kgf Kopfgefäss.
ksl Kopfschlinge.
ksp Kopfspalte.
l lateral (Fig. 22 u. 23).
lm Längsmuskelfasern.
lmi innere Längsmuskelschicht.
m Mund.
md medial (Fig. 22 u. 23).
mna äussere Muskelnervenschicht.
msf Muskelfaser.
mtd Mitteldarm.
mtdt Mitteldarmtasche.
n Nerv.
nch Neurochord.
nea äusseres Neurilemma.
nchz Neurochordzelle.
nei inneres Neurilemma.
oeöf Oeffnung des Oesophagus.
oes Oesophagus.
odg oberer Zipfel des dorsalen Ganglions.
ov Ovarium.
pi Pigment.
py Pylorusrohr.
pyöf Oeffnung des Pylorusrohres.
rc Rhynchocoelom.
rhd Rhynchodäum.
rgf Rückengefäss.
rm Ringmuskelfaser in Fig. 28, in Fig. 29 u. 30 = Ringmuskelschicht.
rn Rückennerv.
rsn Rüsselnerv.
s Sack.
sc Seitencanal.
sgf Seitengefäss.
sgfe Erweiterung des Seitengefässes.
slgf Schlundgefäss.
sst Seitenstamm.
stac Analcommissur der Seitenstämme.
udg unterer Zipfel des dorsalen Ganglions.
v vorne in Fig. 16, = ventral in Fig. 25.
vc ventrale Gehirncommissur.
vg ventrales Ganglion.
vgfc ventrale Gefässcommissur.
wdc Wurzel der dorsalen Gehirncommissur.

Fig. 1. Schema vom Darmtractus einer Metanemertine.
„ 2. Schema vom vorderen Abschnitt des Blutgefässsystems und der Nephridien von *Carinella*.
„ 3. Schema vom vordersten Abschnitt des Blutgefässsystems von *Carinina grata*.
„ 4, 5. Schema vom Blutgefässsystem und den Nephridien von *Hubrechtia desiderata*. Fig. 4 vorderer, Fig. 5 mittlerer Abschnitt.
„ 6. Schematischer Längsschnitt durch das Cerebralorgan eines *Cerebratulus*.
„ 7. Dasselbe von *Drepanophorus cerinus*.
„ 8. *Pelagonemertes rollestoni* (nach Moseley; um ⅓ verkleinert).
„ 9. Schema des Blutgefässsystems und der Nephridien von *Amphiporus lactifloreus* (nach Oudemans).
„ 10. *P. moseleyi* (nach Moseley; um ⅓ verkleinert).
„ 11, 12. Schema vom Blutgefässsystem und der Nephridien von *Carinoma armandi*. Fig. 12 vorderer, Fig. 11 hinterer Abschnitt.
„ 13—15. Schema vom Blutgefässsystem und der Nephridien von *Valencinia longirostris* (nach Oudemans, aber etwas verändert). Fig. 15 vorderer, Fig. 14 mittlerer, Fig. 13 hinterer Abschnitt.
„ 16. Schema vom Blutgefässsystem von *Cephalothrix*.
„ 17, 18. Schema vom Blutgefässsystem und den Nephridien von *Cerebratulus marginatus* (Fig. 17 mittlerer, Fig. 18 vorderer Abschnitt).
„ 19. *Nectonemertes mirabilis* (verkleinerte Copie nach Verrill).
„ 20. Schnitt durch die Körperwand einer Metanemertine (*Drepanophorus*, schematisirt).
„ 21. Querschnitt durch *Pelagonemertes moseleyi* (Copie nach Hubrecht).
„ 22. Querschnitt durch den Seitenstamm einer Heteronemertine (*Langia*).
„ 23. Dasselbe von einer Metanemertine (*Drepanophorus*).
„ 24. Kopfspalte und Cerebralorgan einer Lineide. I tiefe Kopfspalte, II flache (punktirt). Bei I Seitencanal fast völlig fehlend, bei II sehr lang.
„ 25. Medianer Längsschnitt durch das hintere Ende von *Malacobdella grossa*.
„ 26, 27. Schema vom Blutgefässsystem und den Nephridien von *Eupolia delineata*. Fig. 26 vorderer, Fig. 27 mittlerer Abschnitt.
„ 28. Schema vom Verlauf der Muskelfibrillen im Hautmuskelschlauch eines *Cerebratulus*.
„ 29, 30. Stücke von Querschnitten aus der Mundgegend von *Langia formosa*, um die Lage der Schlundnerven und ihrer Hauptcommissur zu zeigen.
„ 31. Durch Maceration isolirte Stränge aus der Bindegewebsschicht der Cutis von *Euborlasia elisabethae*.
„ 32. Verlauf der Muskelfibrillen im Rüssel von *Cerebratulus marginatus*. Es folgen von aussen nach innen Längs-, Diagonal-, Ringfibrillen. (Nach dem Leben nach Einwirkung von Methylenblau gez.)
„ 33. Paarige Ganglienzellen aus dem vorderen Rüsselcylinder von *Drepanophorus serraticollis*. (Nach dem Leben nach Einwirkung von Methylenblau gez.)
„ 34. Mittlerer Rüsselabschnitt von *Amphiporus marmoratus* (nach dem lebenden, mit Methylenblau injicirten Rüssel gez.).
„ 35. Durch Maceration isolirte Längsmuskelfibrillen aus dem Rüssel von *Euborlasia elisabethae*.
„ 36. Dasselbe aus dem Hautmuskelschlauch.
„ 37. Schema vom Verlauf der Nervenfasern und der Neurochorde in Gehirn und Seitenstämmen von *Drepanophorus*.
„ 38. Das Gefässsystem von *Malacobdella grossa*, nach dem lebenden Thier gez. (verkleinerte Copie nach v. Kennel).
„ 39. Schema vom Gefässsystem und den Nephridien von *Malacobdella grossa*, nach Schnitten reconstruirt. (Nach Oudemans; etwas verändert.)
„ 40—51. Es sind die Kopfspalten und theilweise die Gehirngrenzen verschiedener Lineiden, um die wechselnde Tiefe jener zu zeigen, nach Querschnitten meist aus der vorderen Gehirnregion dargestellt. 40 *Lineus alienus*, 41 *molochinus*, 42 *lacteus*, 43 *gilvus*, 44 *Cerebratulus simulans*, 45 *roseus*, 46 *anguillula*, 47 *Lineus bilineatus*, 48 *Cerebratulus simulans* (aus der hinteren Gehirnregion), 49 *Micrura dellechiajei*, 50 u. 51 *urticans* (51 hinter dem Gehirn). V. 20/1.
„ 52—57. Querschnitte durch das Gehirn von *Cerebratulus fuscus* aus allen Regionen. V. 80/1.
„ 58. Cerebralorgan von *Micrura fasciolata*. (Nach Dewoletzky.)

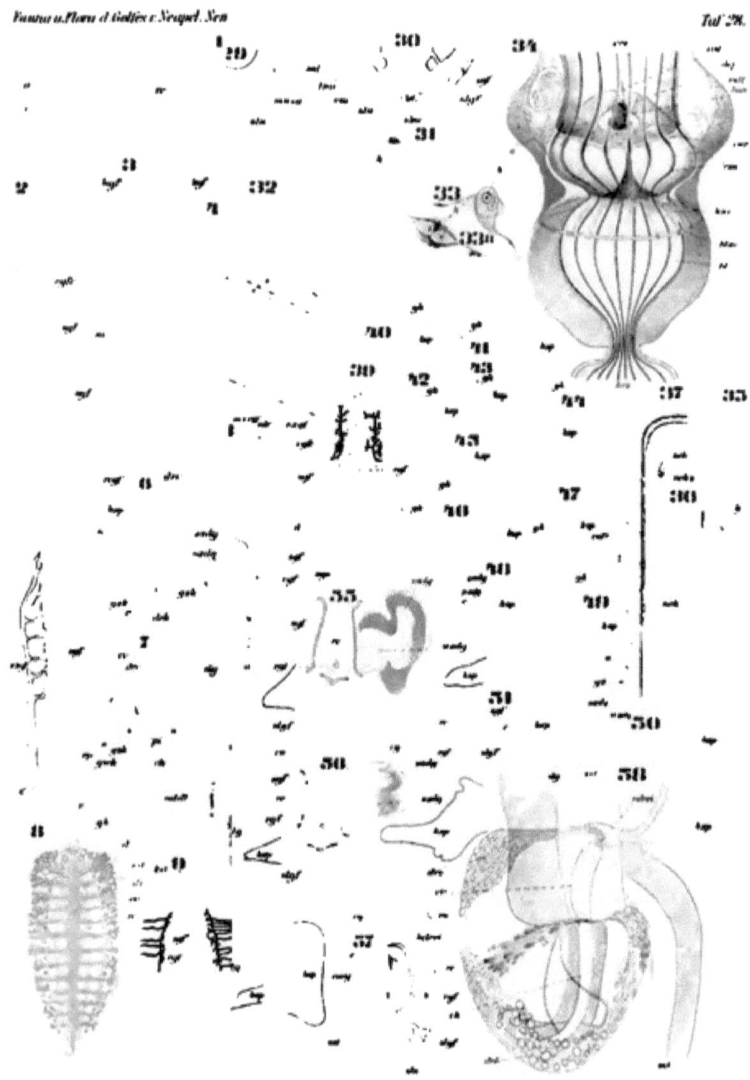

Tafel 29.

Fig. 1—59 u. 61 nach dem Leben skizzirte anatomische Bilder des Kopfendes und der mittleren Rüsselgegend. Vergr. 20—50.

andr	Analdrüsenzellen.	*dr*	Drüse.	*pap*	Papille.
ast	Angriffsstilet.	*drz*	Drüsenzelle.	*pi*	Pigment.
au	Auge.	*end*	Enddarm.	*r*	Rüssel.
bas	Basis des Angriffsstiletes.	*exgf*	Excretionsgefässsystem.	*rc*	Rhynchocölom.
bind	weisse Binden des Körpers von *Micrura fasciolata* (Fig. 61).	*forg*	Frontalorgan.	*rgf*	Rückengefäss.
		g	Gehirn.	*rm*	Ringmuskelschicht.
		gs	Geschlechtssack.	*rst*	Reservestilet.
bl	zwiebelförmige Blase (Ballon).	*hrz*	hinterer Rüsselcylinder.	*rstt*	Reservestilettasche.
		kdr	Kopfdrüse.	*sc*	Seitencanal.
bld	Blinddarm.	*kpf*	Kopffurche.	*sph*	Sphincter.
bldt	Tasche des Blinddarms.	*ksp*	Kopfspalte.	*sst*	Seitenstamm.
corg	Cerebralorgan.	*m*	Mund.	*vc*	ventrale Gehirncommissur.
dc	dorsale Gehirncommissur.	*md*	Magendarm.	*vg*	ventrales Ganglion.
dej	Ductus ejaculatorius.	*mdd*	Mitteldarm.	*vrz*	vorderer Rüsselcylinder.
dg	dorsales Ganglion.	*oth*	Otolith.		

Fig. 1. *Carinella annulata*, Kopffurche.
- 2. *C. banyulensis*, äusserste Kopfspitze.
- 3. *Eunemertes gracilis*.
- 4, 5. *E. marioni*.
- 6. *Amphiporus langiaegeminus*.
- 7, 8. *Nemertopsis tenuis*.
- 9. *Ototyphlonemertes duplex*.
- 10, 11. *Amphiporus lactifloreus*.
- 12. *Eunemertes echinoderma*.
- 13, 14. *Ototyphlonemertes macintoshi*.
- 15. *O. brunnea*.
- 16—18. *Amphiporus dubius*.
- 19, 20. *A. rubidissimus*.
- 21. *A. glandulosus*.
22, 23. *A. reticulatus*.
- 24. *A. pulcher* var.
- 25. *A. marmoratus*.
- 26. *A. polyommatus*.
- 27. *A. oligommatus*.
- 28, 29. *A. alpensis*.
- 30, 31. *Tetrastemma melanocephalum*.

Fig. 32. *Tetrastemma falsum*.
- 33. *Oerstedia dorsalis* var. *viridis*.
- 34, 35. *O. dorsalis* var. *albolineata*.
- 36, 37. *Tetrastemma flaccidum* aus *Ascidia mentula*.
- 38, 39. *T. buxeum*.
- 40, 41. *T. coronatum*.
- 42, 43. *T. cephalophorum*.
- 44—46. *T. helvolum*. 46 Schwanzende.
- 47, 48. *Lineus lacteus*.
- 49. *Eupolia pellucida*.
- 50, 51. *Tetrastemma portus*.
- 52. *T. longissimum*.
- 53, 54. *T. candidum*.
- 55. *Lineus parvulus*.
- 56. *L. gilvus*.
- 57—59. *Tetrastemma vermiculus* var. *solium*.
- 60. *Lineus versicolor*. Querschnitt aus der Mitteldarmregion, um die auffallend ventrale Lage der Seitenstämme zu zeigen.
- 61. *Micrura fasciolata*.

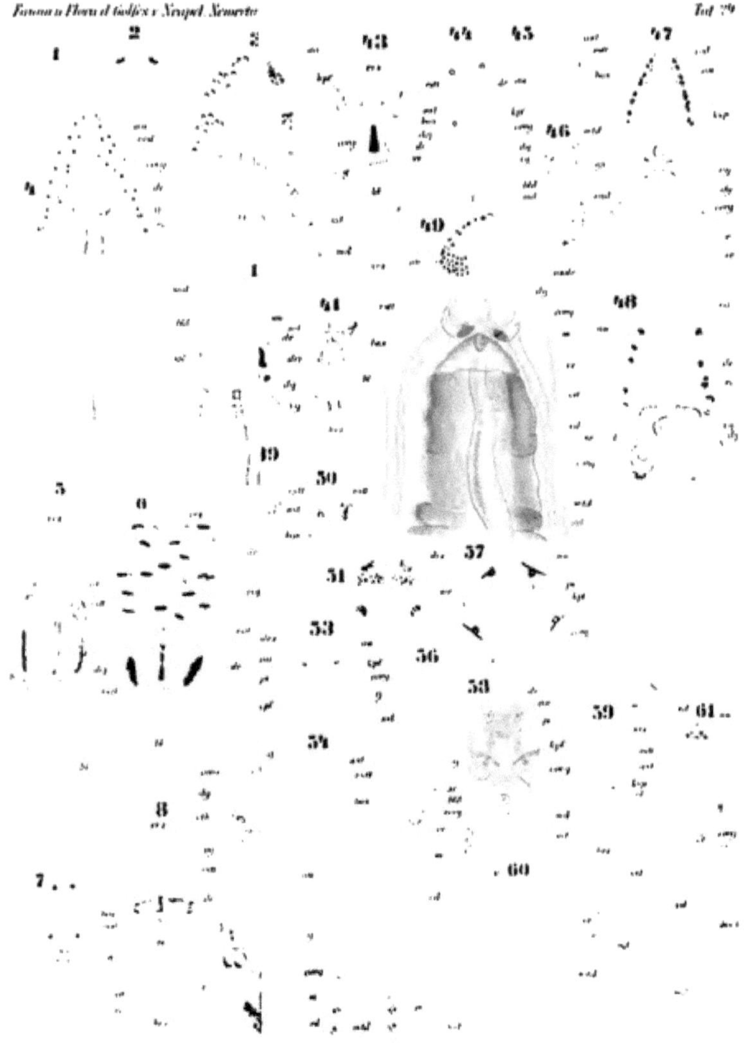

Tafel 30.

alm äussere Längsmuskelschicht.
am Amnion.
amh Amnionhöhle.
au Auge.
blr Urblutraum.
c Cerebralcanal.
corg Cerebralorgan oder dessen Anlage.
cu Cutis.
d Darm.
dc dorsale Gehirncommissur.
ddz Drüsenzellen im Darmepithel des Pilidiums.
dep Epithel des Pilidiendarmes.
dg dorsales Ganglion.
ec Ectoderm.
embr Nemertinenembryo.
ent Entoderm.
ep Epithel der Nemertinenhaut.
ezgf Anlagen der Nephridien.
fh Furchungshöhle.
gh Gehirnanlage.
gz Zelle der Pilidiengallerte.
iep inneres Epithel (Mesoderm) der Keimscheiben.
kfp Kopf(keim)platte (Keimplatte der Kopf- oder vorderen Scheiben).
kp Keimplatte.
ks Keimscheibe (in Fig. 61 u. 65 Kopfscheiben).
ksp Kopfspalte.
kr Eikern (☉ Vorkern).
kz Zelle des Darms mit grobkörnigem grünlichem Inhalt.
m Mund oder Urmund.
md Magen.
ms Mesoderm (speciell das der Keimplatten; = *iep*.
mdz Urmesodermzellen.
mud Mesoderm, welches den Darm umhüllt.
mtd Mitteldarm.
nkz Nährzellen.
oe Oesophagus.
r Rüssel.
ra Anlage des Rüssels.
rc Rhynchocölom.
rd Rhynchodäum.
rcbb Bildungsstätte der Rhynchocölomkörper.
rcw Rhynchocölomwand.
rep Rüsselepithel (inneres hohes Epithel).
rgf Rückengefäss.
rk Richtungskörperchen.
rkp Rücken(keim)platte.
rl Höhle des Rüssels.
rp Rumpf(keim)platte (Keimplatte der Rumpf- oder hinteren Scheiben).
sgf Seitengefäss.
sgr Scheitelgrube.
sp Längsseptum.
sst Seitenstamm.
stap Stiletapparat.
tp Tunica propria der Urbluthöhlen.
ubh linsenförmige Höhle, welche an der amnioten Fläche der Kopfscheiben auftritt.
vg ventrales Ganglion.
Z Zellen, die in den Kopfplatten sich von deren ursprünglich einschichtigem Epithel nach aussen abspalten.

Fig. 1, 2. *Cerebratulus marginatus.* Larven im Gastrulastadium. (Nach Originalskizzen von HUBRECHT.)
- 3a, 3b. *Pilidium magnum* nov. sp. Fig. 3a von der Seite, 3b von unten gesehen. V. [illegible].
- 4—6. *Eunemertes gracilis.* Fig. 4 Morula, Fig. 5 junge Larve noch in der Eihülle eingeschlossen (Richtungskörperchen noch erhalten), Fig. 6 Larve, welche soeben die Eihülle verlassen hat. V. [illegible].
- 7. *Pilidium gyrans* J. Müller. V. [illegible].
- 8—12. *Lineus lacteus.* Fig. 8 Blastula mit verdicktem Entoderm, Fig. 9 frühes Gastrulastadium, Fig. 10 ältere Gastrula, Fig. 11 Pilidium, 2 Tage alt, Fig. 12 etwas älteres Pilidium (nach METSCHNIKOFF 170). Hartnack Oc. 3. Obj. 5.
- 13. *Pilidium pyramidale* nov. sp. V. [illegible].
- 14—17. *Prosorhochmus claparedii.* Eier in Furchung. V. [illegible].
- 18a, 18b. *Pilidium auriculatum* Leuckart & Pagenstecher. 18a in der Seitenansicht, 18b von unten gesehen, älteres Exemplar. V. [illegible].
- 19. *Pilidium auriculatum*, junges Exemplar. V. [illegible].
- 20, 21. *Lineus gesserensis.* Eier in der Furchung begriffen (8theilig). Fig. 20 vor der Drehung der Furchungskugeln, Fig. 21 nach der Drehung (nach BARROIS 148). V. [illegible].
- 22, 23. *Amphiporus lactifloreus.* Gastrula (nach BARROIS 148). V. [illegible].
- 24. *Pilidium recurvatum* Fewkes (nach FEWKES 177).
- 25—27. *Prosorhochmus claparedii.* Embryonen. Fig. 25 und 26 jüngerer und älterer Embryo, beide noch im Mutterleibe, V. [illegible]; Fig. 27 Embryo, welcher soeben geboren ist. V. [illegible].
- 28—32. *Lineus gesserensis* (nach HUBRECHT op. cit. pag. 696). Fig. 28 Schnitt durch die Blastula, Fig. 29 Schnitt durch die Gastrula, Fig. 30—32 schematisirte Abbildungen von Schnitten durch Embryonen im jüngeren und älteren Gastrulastadium: Fig. 30 und 31 Querschnitte (31 ist von mir nach zwei Figuren H.'s combinirt), Fig. 32 Medianschnitt.
- 33. *Amphiporus lactifloreus.* Ei in Furchung; 24 Stunden nach der Ablage. Die Zellen des einen Poles haben sich gegen den anderen verschoben. (Nach BARROIS 148.) V. [illegible].
- 34, 35. *Lineus gesserensis.* Gastrulae, bei welchen die Keimscheiben erschienen sind; in der Bauch- oder Rückenlage gezeichnet (nach BARROIS 148). V. [illegible].
- 36. *Pilidium brachiatum* Wilson (nach WILSON 71).
- 37, 38. *Lineus gesserensis.* Fig. 37 jüngerer, Fig. 38 älterer Embryo, in der Bauch- oder Rückenlage gezeichnet (nach BARROIS 148). V. l. Fig. 37 [illegible], l. Fig. 38 [illegible].
- 39, 40. *L. gesserensis.* Embryonen, bei denen die Keimscheiben aufgetreten sind, von der Seite. Fig. 39 jüngerer, Fig. 40 älterer Embryo (nach BARROIS 148). V. [illegible].
- 41—43. *Prosorhochmus claparedii.* Fig. 41 reifes Ei, Fig. 42 Blastula im Schnitt, Fig. 43 Gastrula im Schnitt. V. [illegible].
- 44—86 sind nach Schnitten durch Pilidien bei 50—250facher Vergrösserung gezeichnet. (Alle Pilidien stammen aus dem Golf von Neapel und gehören den pag. 461 u. 463 beschriebenen Arten an.) Fig. 44 Querschnitt durch ein sehr junges Pilidium. Es sind die Anlagen der hinteren Keimscheiben, an denen sich bereits die Anlage der Cerebralorgane (rechts *corg*) geltend macht, getroffen. Fig. 45—47 Querschnitte. Wenig älteres Pilidium. Die Cerebralorgane haben sich von den hinteren Keimscheiben nach vorne ausgestülpt. 45 hinterster, 47 vorderster Schnitt. Fig. 48—50 Querschnitte durch ein bedeutend älteres Pilidium. Die Communication des Cerebralorgans mit der Amnionhöhle hat das Cerebralorgan nach vorn überholt. In der Keimplatte der Rumpf- (hinteren) Scheiben hat sich der Seitenstamm differenzirt, und dem Cerebralorgan ist nach hinten ein Zipfel der Keimplatte der Kopfscheibe entgegengewachsen, sich diesem (Fig. 50) lateral dicht anlegend. In diesem Zipfel hat sich das dorsale Ganglion differenzirt. Fig. 51—53 Querschnitt durch älteste Pilidien, hauptsächlich um die Nephridienanlagen zu zeigen. Die Anlagen beginnen sich in Fig. 52 zu falten und haben sich in Fig. 53 (Querschnitt des ältesten Embryo) bereits sehr stark gefaltet. Fig. 54 Querschnitt aus der Rumpfregion eines älteren Embryo (vgl. Fig. 71). Der Darm enthält viele Drüsenzellen. Fig. 55 u. 56 Querschnitte aus der Kopfregion eines älteren Embryo. Fig. 57 Medianschnitt durch den Pilidiendarm und Oesophagus. Fig. 58 Querschnitt aus der Gegend, wo die nach vorne resp. hinten strebenden Zipfel der Rumpf- und Kopfplatte mit einander verwachsen sind; es sind die Urbluträume zu sehen. Aelteres Pilidium. Fig. 58a Querschnitt. Die Rumpfscheiben sind noch nicht verwachsen. Fig. 59 Querschnitt durch ein jüngeres Pilidium, in der Gegend der Scheitelgrube. Fig. 60 Querschnitt durch die Kopfplatte eines älteren Pilidium, in welchem sich bereits die Rumpfplatte nach vorne vorgeschoben hat. Fig. 61 Querschnitt. An der amnioten Fläche der Kopfscheiben fallen die zu allererst im Pilidium auftretenden (linsenförmigen) Hohlräume, die mit den Einstülpungen, welche die Kopfscheiben erzeugen, zugleich erscheinen, auf. Fig. 62 Rumpfscheibe auf dem Querschnitt durch das Pilidium der Figuren 48—50 dicht hinter dem Cerebralorgan. Fig. 63 Kopfscheibe mit Anlage des dorsalen Ganglions und der dorsalen Gehirncommissur im Querschnitt. Fig. 64 schiefer Querschnitt, zeigt die Anlagen der Nephridien, ferner die Rumpfscheiben und die Cerebralorgane (links ihr vorderster Zipfel). Fig. 65 frontaler (zum medianen senkrechter) Längsschnitt, zeigt die jungen, noch nicht verwachsenen Kopfscheiben und zwischen ihnen die unpaare, später zwischen jenen aufgenommene, den Rüssel liefernde Einstülpung der Pilidienhaut. Fig. 66 Querschnitt, zeigt die zusammengewachsenen Zipfel der Kopf- und Rumpfkeimplatte. In letzterer hat sich das ventrale Ganglion resp. der Seitenstamm, in ersterer das dorsale Ganglion differenzirt. Fig. 67 Querschnitt aus der Gegend der verwachsenen Zipfel der Rumpf- und Kopfplatte, zeigt die Urbluträume (vgl. Fig. 61). Fig. 68 junge Rüssel- und Rhynchocölomanlage im Längsschnitt (auf einem Querschnitt durch das Pilidium). Fig. 69 Querschnitt. Die Rumpfscheiben sind ventral verwachsen. Fig. 70 Querschnitt durch eine ältere Kopfscheibe desselben Pilidium, nach dem Fig. 60 u. 66 entworfen sind. Dorsales und ventrales Ganglion völlig miteinander verwachsen. Die Urbluthöhle im Bereich der Kopfscheiben ist noch nicht vollständig, ventral trennt die rechte und linke Hälfte derselben noch ein hohes Riff der Pilidiumgallerte. An der amnioten Fläche haben sich die linsenförmigen Hohlräume (vgl. Fig. 61) noch erhalten. Fig. 71 Querschnitt aus der Rumpfregion eines älteren Embryo, und Fig. 72 Rumpfscheibe auf dem Querschnitt durch das Pilidium, nach dem die Fig. 48—50 entworfen sind; Schnitt etwas hinter dem Cerebralorgan. Zeigen die Differenzirung der Seitenstämme aus den Keimplatten der Rumpfscheiben. Fig. 73—76 Anlage des Cerebralorgans auf Querschnitten durch das Pilidium. Es ist nur im Bereich seiner Mündung in die Amnionhöhle (Fig. 73 u. 74) mit den Rumpfscheiben verwachsen. Die Anlage hat sich gerade umgekrümmt (Fig. 76, vgl. auch Fig. 48). Fig. 77a u. b: 77b eine sehr junge Kopfscheibe auf dem paramedianen Längsschnitt, 77a ein Theil derselben, um ihr Dickenwachsthum auf Grund der vom einschichtigen Epithel an der convexen Fläche abgespaltenen Zellen zu zeigen. Fig. 78—80 junge Rumpfscheibe aus einer Querschnittserie von ein und demselben Pilidium, 78 vorderster, 80 hinterster Schnitt. In letzterem ist der Seitenstamm noch nicht differenzirt. Fig. 81 sehr junge Rumpfscheibe im Querschnitt, von demselben Pilidium, nach dem Fig. 52 gezeichnet wurde. Fig. 82 sehr junge Kopfscheibe im Querschnitt. Fig. 83 die junge Körperwand der Nemertine nach einem Querschnitt durch die vordere Rumpfgegend des ältesten Pilidium (vgl. Fig. 53). Man sieht die Anlage von Cutisdrüsen und das Auftreten von Muskelfibrillen zwischen und nach innen von ihnen. Das innere Epithel (Mesoderm) stellt noch eine dünne Zelllamelle dar (vgl. Fig. 54 u. 71). Fig. 84 Querschnitt durch die verwachsenen Zipfel der Rumpf- und Kopfkeimplatte aus der Gegend der Mündung des Cerebralorgans. Man sieht deutlich eine Naht zwischen beiden Zipfeln (vgl. auch Fig. 50 u. 60). Fig. 85 Querschnitt, zeigt Rüssel und Rhynchocölom. Fig. 86 sehr junge Rumpfkeimscheibe mit deutlicher Anlage des Cerebralorgans, zeigt die Anlage des inneren Epithels aus den noch etwas verstreuten Mesodermzellen (Gallertzellen).

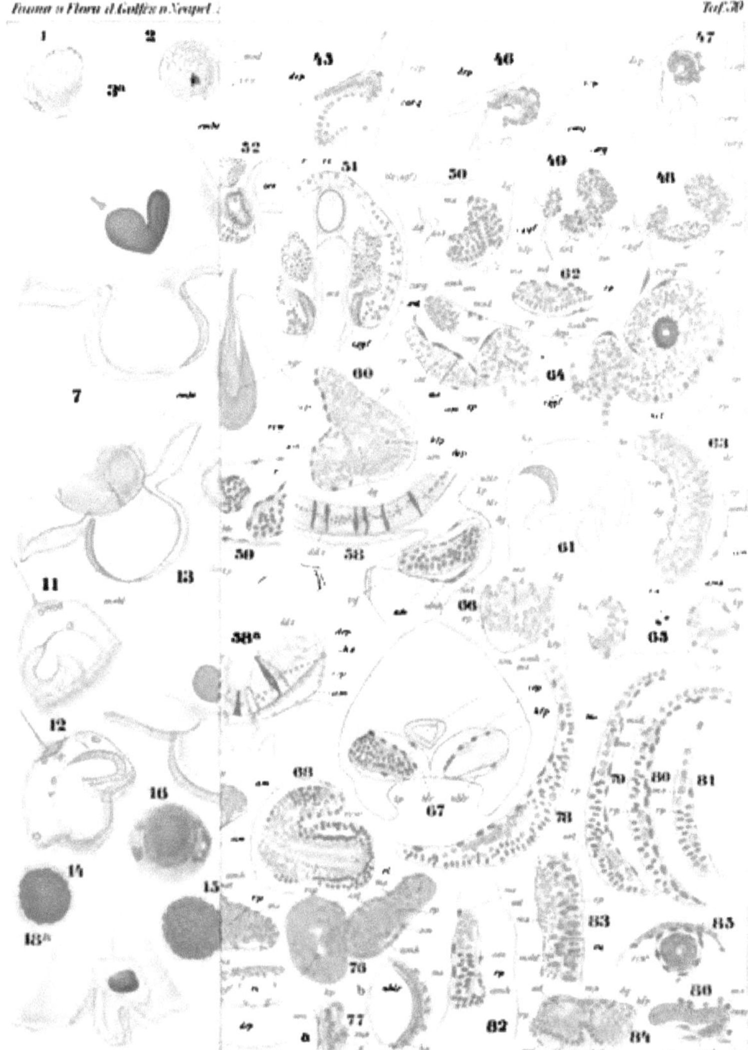

Tafel 31.

Karte
der geographischen Verbreitung der Gattung *Eupolia*.

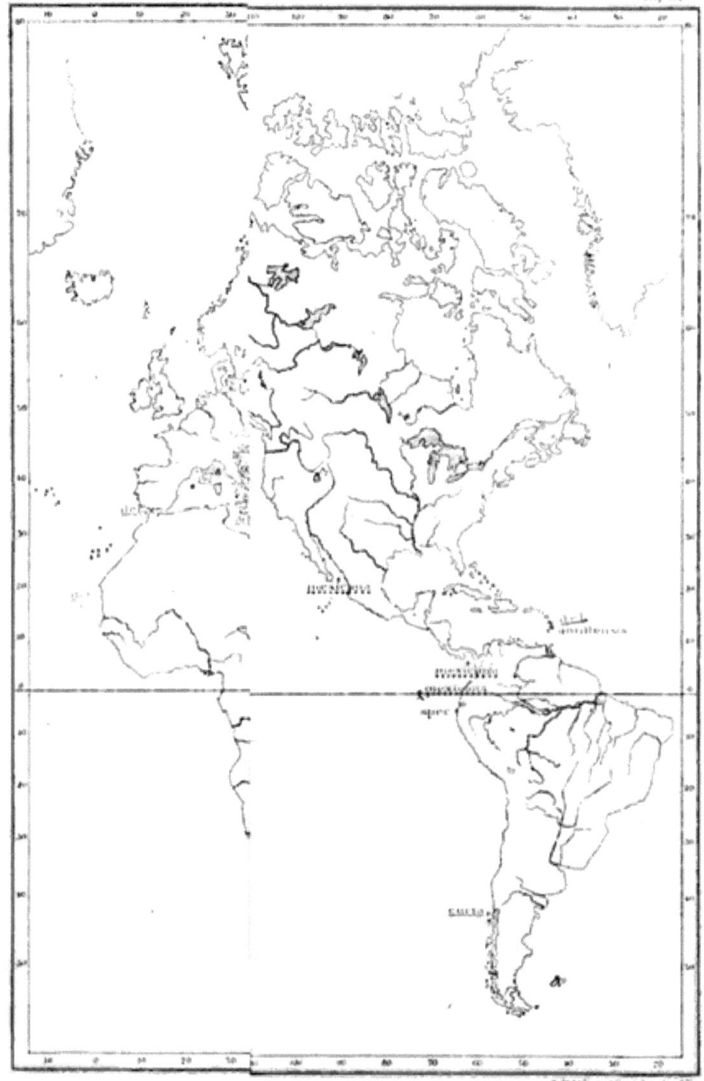